谨以此书
献给所有迷失者

西斯廷快车

高萨 著

山东教育出版社

图书在版编目（CIP）数据

西斯廷快车/高萨著. — 济南：山东教育出版社，
2021. 6

ISBN 978-7-5701-1684-3

Ⅰ. ①西… Ⅱ. ①高… Ⅲ. ①中篇小说 – 中国 – 当代 Ⅳ. ①I247.5

中国版本图书馆CIP数据核字（2021）第 095609 号

XISITING KUAICHE

西斯廷快车

高萨 著

主管单位：山东出版传媒股份有限公司

出版发行：山东教育出版社

　　　　地址：济南市市中区二环南路2066号4区1号　　邮编：250003

　　　　电话：（0531）82092660　网址：www.sjs.com.cn

印　　刷：山东临沂新华印刷物流集团有限责任公司

版　　次：2021 年 6 月第 1 版

印　　次：2021 年 6 月第 1 次印刷

开　　本：850 mm × 1168 mm　1/32

印　　张：5.25

印　　数：1–10000

字　　数：95 千

定　　价：39.00 元

（如印装质量有问题，请与印刷厂联系调换）印厂电话：0539–2925659

陶安公者，六安铸冶师也，数行火。火一旦散，上行，紫色冲天。安公伏冶下求哀。须臾，朱雀止冶上曰："安公安公，冶与天通。七月七日，迎汝以赤龙。"至期，赤龙到。大雨，而安公骑之东南，上一城邑，数万人众共送视之，皆与辞决云。安公纵火，紫炎洞熙。翩翩朱雀，衔信告时。奕奕朱虬，蜿然赴期。倾城仰觌，回首顾辞。

——摘自《列仙传》

目录

西斯廷快车

第一章
无味的红龙卷

下午三点半，昆回到他租住的公寓，把背包塞进房门后的衣柜里。这是一个简单的开放式单人间公寓，西北朝向的窗下摆着一张单人床，靠窗便能看得到温哥华港的海景和对岸的山景。虽然已经到了夏天，远处绵延不断的山脉顶部仍然残存着不少积雪。

电影学院坐落在温哥华市最多姿多彩的地段——煤气镇附近，这是本地一片保留了历史风貌的老街区。煤气镇是温哥华开埠后最早成形的一个地段，据说当时英国人杰克·窦顿经营的一处酒吧是这里的社交中心，大概是老板杰克能说会道的缘故，他得到了"口水佬杰克"这样一个绰号，而酒吧周边的这个小社区因此得名"口水佬小镇"（Gassy's town），"Gastown"就是这个称呼的缩写，所谓"煤气镇"这个名称其实是个讹传。

昆走到窗边坐在床上，一边脱鞋一边按下床头柜上的电话留言播放机，刚才他进门就看到留言机暗红的显示灯闪烁不停，留言机里传出他的同学赵江海的声音。

"喂喂，昆，找你一天，电话都打不通，有个坏消息，洛杉矶这次看来去不成了，我刚收到寰宇影业的邮件，他们说见习生超额了，要刷掉最后申请的那拨人，咱俩不幸'中枪'。美国是去不成了，我干脆回趟北京，看看有没有制作网络电影的机会。九月开学见吧，你暑假如果到北京记得找我。"留言背景传来机场广播的声音，赵江海结束了留言。

听完电话留言，昆坐在电脑前浏览邮件箱中的未读邮件，果然看到了那封言简意赅且客气冷淡的邮件。昆右手拎着一只球鞋，懊丧地坐在屋里发了会儿愣。想了一阵儿，恨恨地把球鞋朝墙角扔过去。他原本打算利用暑假去洛杉矶的寰宇影业公司做实习编剧，没想到在出发前的最后一分钟，计划却突然泡汤了。

傍晚，昆下楼走出公寓，虽然已经是晚上六点半，夏天的阳光却依然耀眼。阳光下，煤气镇挤满了趁着夏天来温哥华度假的游客。这个城市的夏天仿佛樱花绽放般短暂，灿烂迷人却转瞬即逝。

煤气镇各家餐厅和咖啡店门口的桌旁都坐满了顾客，满载游客的旅行社大巴接连不断地驶过狭窄的街道，鹅卵石路面上流淌着不明的黑色黏稠液体。

"喂！昆，怎么你还在这里？暑假不是要去好莱坞吗？"

昆经过街角的时候，大仓咖啡馆女招待普莱丝大声招呼着他。这个街角咖啡馆所在的三层楼曾经是这个城市最早的监狱，现在却变成了最时尚的地段。昆就住在附近，他常夹着电脑来这里做作业写剧本，一来二去和普莱丝混得很熟。

普莱丝嗓门很大，咖啡馆门口几位吃饭的游客听到她的话，好奇地转头看着昆。

"这次去不成了，见习生超额了。美梦最后一分钟被戳破了。"昆沮丧地说。

"嘿，千万别放弃啊，我看好你！"普莱丝端着堆满了空饮料杯的托盘，笑着走开了。

"谢啦。"昆朝着她的背影咕哝了一句，斜挎着健身包慢吞吞地朝马路对面走去。

市立游泳馆是个四四方方的灰色水泥建筑，面积看上去超过一个足球场的大小，从远处看这个建筑像个老式饼干桶，这是昆每周必来的地方。游泳馆有一个标准比赛尺寸的泳池，还有高台跳水池和训练池。昆扶了扶白色泳帽，把顶在额头上的那副金红色镜面的泳镜拉下来调整好，奋力一跃跳入池中。

傍晚的阳光透过游泳馆的天窗照在铺着白色瓷砖的墙面上，反射着刺眼的光。天蓝色的池水在宽大的白色建筑里显得格外清亮澄明。偌大的泳池中，昆独自一人劈波斩浪地奋力游动，拍击池水的声音在空荡的游泳馆异常响亮，发出单调而有节奏的回声。

一口气游了十多个来回，昆爬上岸沿着跳水池走向温水池。他抬头望了望跳水池尽头的五米跳台，朝那里走了过去。站在跳台末端，昆望向前方，他觉得自己像是悬浮在空中。泳镜映出整个游泳馆的景象，在带着弧度的镜片反射下，一切看起来都弯曲变形了。昆看着周围，在金色发红的镜片的过滤下都呈现灰蓝色，看起来像是监控摄像头里的画面。

昆站在跳台末端探头向下张望。脚下的水池看上去变得像一台笔记本电脑那么小。"这只是我的错觉。"昆闭上眼顿了顿身体，奋力朝前方腾空跃起。他曾经不止一次练习过这个动作，有时候甚至是在梦中。

随着一声响亮的水花声，昆的身体如同一把刀，笔直而迅猛地刺向深水中，紧跟着一声沉闷的划破水面的声响，无数气泡迅速从他皮肤上刮过，向水面涌去。

一位戴着耳机的健身房清洁工站在岸边，正捏着高压水枪冲刷着淋浴区地面，他对泳池传来的声音似乎充耳不闻，只是专心致志地一寸一寸冲洗着地板，他像在挑战一个隐形对手，虽然那地板早就洁净如新。

开放式的淋浴房里有一排淋浴头。昆站在中间的淋浴头下，愣愣地看着溅落在地上的水花不断地聚合在一起，像群蛇一样汇集到地板中央的下水口，钻进幽深的洞口。昆翻转过手掌看着十指，所有指尖都泡出了深深的褶皱，像老人脸上深刻的皱纹。

昆生来就一副游泳者的身体，他肩宽腰细，身材扁平，手臂看上去仿佛能摸到膝盖。像脚蹼一样的手掌又扁又宽，十指关节异常粗大，鼓起的血管遍布手背。和昆的年龄相比，这双手看上去有种和他不相匹配的老成感。

半小时后昆从更衣室出来，头发湿漉漉地贴在头上滴着水。他斜挎着那个黑色健身背包，穿过空无一人的长廊，走出了游泳馆。

昆坐在游泳馆附近的一棵樱桃树下，双手捧着一盒寿司没滋没味地吞咽着，这是他的晚餐。昆歪着头，肩膀上夹着手机，耐心地听着手机里的拨号音。

对方始终无人接听，昆松懈了肩膀，任由手机跌落在草坪上。他靠着樱桃树，在暮色中索然无味地吞下了塑料盒里最后那块红龙卷寿司。

红龙卷寿司是昆唯一喜欢的寿司，食材是寿司白饭佐以烤鳗鱼、牛油果、蟹棒、胡萝卜、日式蛋黄酱和黑芝麻等。游泳馆边上那家韩国人开的寿司餐馆最近可能更换了主厨，今天的红龙卷寿司不但看上去卖相可憎——寿司看起来肥大松垮，而且吃起来油腻无味。

回味着记忆中的美好滋味，昆有些失望，他擦干净手指，把空餐盒盖好塞进塑料袋。手机屏幕上弹出了一条短信，是他爸爸发来的信息。昆急忙捡起手机。

"昆，我们在巴塞罗那跟几个朋友看渔业养殖项目，计划八月底回上海。有急事打我电话。"昆刚准备回信，紧跟着又有一条短信跳出来："要是美国不去了就回上海待一段时间，现在公司缺人手，我有好多事情想交代给你。"

昆叹了口气，回复了一条短信："没事，就是和你们打声招呼，你们先忙着，等你们回国再联系。今年暑假我不回去了。"昆把手机塞进口袋，提着塑料袋朝公寓方向走去。

刚出国时，昆几乎每天都要和父母通视频电话，而现在他几乎一两个星期才会和父母打个招呼，他没什么话说，更多的是让他们安心。

昆觉得他离父母的生活早已很遥远了，他们像生活在两个维度中的人，这和他们之间隔着大洋没有关系，即便他在父母身边，这种感觉也并无两样。倒不是他们的关系恶劣，实际上昆从小到大几乎没有跟父母发生过大的争吵，只是他越来越觉得，对于自己的想法和感受，他父母并没有什么兴趣了解，在他们眼中他还是个孩子，而且他们对此并不掩饰。因为生意原因，他们很忙，有几次他曾经有一丝冲动想和他们聊聊，但看到他们各自盯着手机眉头紧锁的神情，昆便打消了这个念头。

第二天下午四点半，昆跨上单车穿过市区向海边骑去。温哥华市区面积不大，从他住的公寓到城市另一侧的基斯兰诺海滩只需要半小时的路程。穿过白拉特桥，昆沿着海边单车道一直向东骑。

基斯兰诺曾经是温哥华西部的一个临海住宅区，过去有不少希腊后裔在此生活。20世纪60年代，这里曾经吸引了不少嬉皮士，是太平洋东海岸嬉皮运动的发源地之一。名噪一时的著名环保组织绿色和平组织也是在这里成立的，现在这里成了一个高档住宅区，林立着瑜伽会所和素食餐厅。

沿着海边这条东西方向的单车道可以贯穿基斯兰诺区，从白拉特桥头一直延伸到UBC（不列颠哥伦比亚大学）。昆有几个好朋友在UBC上学，他们周末有时在海边的七叶树林中烧烤聚会，因此他对这条路线很熟悉。夏天沿着基斯兰诺海边骑行是一个很享受的体验，黄昏里昆骑行的速度很快，没多久他便到了杰里科海滩。

昆把单车锁在路边，摘下头盔信步走到海滩边的一条木头栈桥上。这条足有二十米长的宽大栈桥延伸到海中，一位捕蟹人正拉着红色尼龙绳收起蟹笼。

沉重的金属蟹笼浮出水面，笼子里有七八只惊慌失措的大螃蟹。一只白色黄嘴大海鸥在旁边的栏杆上焦急地来回踱步，粉红色的眼睛紧盯着笼子里的螃蟹。

"这是什么螃蟹？"昆好奇地问那位捕蟹者。

"珍宝蟹。就是超市里面卖的那种。"捕蟹人从蟹笼里小心地扯出螃蟹，依次扔回大海。

"不足秤？"昆问。

"不够尺寸。"捕蟹人指了指后面的栏杆，昆这才发现木头围栏上挂着一把拐角尺。一只螃蟹慌不择路地跌落在栏杆之间的缝隙里，卡在里面进退不得。海鸥从栏杆上纵身跃下，一路踮着脚向螃蟹冲过去。

昆赶在海鸥之前俯身把螃蟹从夹缝中拎了出来，被他牢牢捏住的螃蟹挥舞着蟹钳拼命反抗。

"这只是不是也应该放掉啊？"

话没说完，昆的大拇指一侧被蟹钳牢牢夹住，昆痛得大叫起来，周围的游客们跟着惊呼起来。捕蟹人迅速跑过来用力把蟹钳掰开，昆一甩手，那只螃蟹就像高台跳水般笔直地落入海水中。几秒钟后一串小气泡从海底涌上来，而螃蟹则消失在海水深处。

一无所获的海鸥失望地重新跃上栏杆，粉红色的眼睛一动不动地盯着海面上螃蟹消失的地方。

昆看到拇指边有两条深深的伤痕，血液开始从伤口中慢慢渗出来。昆忍着强烈的疼痛，不动声色地看着，像个经验丰富的向导。果然伴随着剧烈的疼痛，他看到了那个几乎同时升起的隐匿的欣然感受，仿佛看到一张熟悉的面孔从心底浮现出来。

"天哪，好臭啊。"有个女孩子的叫声打断了昆的观察，空气中果然传来一股强烈的恶臭。昆下意识抬手闻了闻手指，以为刚才螃蟹的分泌物沾到了手指上。

"臭就对了，越臭螃蟹越爱吃。"捕蟹人笑呵呵地答道。昆转过身，捕蟹人正把几卷粉红色的带肉关节塞进蟹笼，或许是被海水浸泡过的原因，那些粉红色的肉条看上去湿答溜滑。

"这是臭鸭脖，这东西可是螃蟹的最爱。"捕蟹人说着把半腐烂的生鸭脖塞好，拎起蟹笼用尽力气朝远处甩去，蟹笼没入海水中，红色尼龙绳索跟着被扯紧，绷在栏杆上。

昆实在无法忍受空气中那股浓重的恶臭，他屏住呼吸匆匆逃离了栈桥。

夏日海边到处都是携家带口出来烧烤的人群，平时安静的杰里科海滩变得热闹非凡。昆在人潮拥挤的沙滩上待了一会儿，觉得有些无趣。回城路上，海滩边不断飘来的烧烤香味勾起了他的食欲，令人失望的寿司晚餐需要得到弥补。上桥之前，昆在基斯兰诺海边的露天游泳池边停下，在路边小食店买了薯片和饮料，他走到泳池一侧的露天剧场看台上坐下。

黄昏时分的游泳池里依然人声鼎沸。剧场看台上稀稀拉拉地坐着几位游客，陶醉地望着豪湾美景和北岸晚霞中的群山，沉浸在假期的温情里。对岸山顶的积雪此时已经融化，高大的群山俯视着这座小城。

一个流浪汉模样的男子推着一辆超市推车从昆的身后

经过，那辆推车上堆满了他的家当和各种收集品，车头上插着一只有绒布马头的儿童竹马玩具和本地冰球队的三角形队旗。

男子停下车，嘟嘟囔囔说着什么。他在昆身旁不远处坐下，摸出一小张纸揉搓了一下，卷了一支黑色细小的烟卷点上。昆猜想那是根大麻，非药用大麻在温哥华已经合法，这东西在这里并不罕见。昆在楼下的小巷里经常能闻到大麻味。

一股奇特的草药味很快在空气中弥漫开，那种气味闻起来冰凉酸甜，混杂着明显的焦炭味。昆悄悄深吸了一口。

"喂，要不要来点？"像是发现了昆的小动作，流浪汉捏着黑色烟头的脏手朝昆伸过来。他戴着墨镜，脏兮兮的灰色卷发从棒球帽里蓬乱地伸出，像帽子掉在了一个鸟窝里。流浪汉脸上皮肤松弛，像是暂时挂在脸上，随时都可能脱落。昆笑着冲他摆摆手，他把那包薯片打开递给男子。流浪汉往掌心里倒了一把，手掌黑乎乎的，像被木炭涂过。

"多谢啦兄弟。"流浪汉口齿不清地说。他一仰头把所有薯片倒进嘴里大口嚼着，然后摸出一块面包撕碎了丢在不远处。一群白色海鸟毫不犹豫地从周围的房顶上俯冲下来，大声尖叫互相驱逐，抢夺面包碎屑。流浪汉继续喃喃自语。冰凉酸甜的草药味四处弥漫，流浪汉和鸟儿都笼罩在火烧云的紫红光芒中。

　　昆从背包里摸出他的照相机，对流浪汉示意："不介意我给你和这些鸟儿拍张照吧？"流浪汉耸耸肩继续抛洒着面包屑，嘴里念叨不停。昆把镜头对准他们按下了拍照按钮。

　　从镜头里昆看到流浪汉和鸟儿身后的海面上像是蔓延着火光。倒映着满天火烧云的如镜海面上，一艘大型白色邮轮正缓缓朝落日的方向驶去，那艘船很快便消失在紫红的天色中，成群结队的乌鸦随即出现在西方红光的天际线上，它们掠过海滩上空，向东飞去。

　　昆放下相机出神地凝视着天空中弥漫的红色火烧云，仿佛沉浸在某种熟悉的氛围中。流浪汉起身抖落沾在身上的面包碎屑，推着购物车摇摇晃晃朝西走去。

　　购物车发出的叮当声渐渐远去，昆的思绪仿佛从翻卷燃烧的天上重新落下。他低头看着拇指上蟹钳留下的那条伤痕，那条原本深刻的痕迹已经变浅，有些部分似乎已经愈合。

第二章
血月和生日晚餐

昆拎着一大塑料袋烘干的衣服从公寓地下室的洗衣房走回房间。他气喘吁吁地举起沉重的洗衣袋，开口朝下用力一抖，袋子里的衣服一股脑儿落在床上。那堆衣服散发着带洗衣粉味儿的热气。墙上的电视正播放着当日新闻。

"如果你是天文爱好者，请注意，千万不要错过今晚的特殊天象，俗称'血月'的罕见月全食将出现在本市夜空。未来二十四小时天气状况预计晴好，本市大部分地区的天文爱好者都能看到这一奇特天象……"

桌子上的手机响起了短信的提示音。昆低头瞥了一眼屏幕："儿子生日快乐！"短信是妈妈发来的，言简意赅，没有多余的话。看到短信，昆突然想起来今天是他二十一岁生日。他坐在床上望着那堆冒着热气的衣服想了一会儿，从衣堆里捡起一件白衬衫套上走出了房间。

温哥华算是高纬度地区，夏天天黑得晚，但是昆出门的时候天色已经暗了一些。他沿着西斯廷东街向东走。这条贯穿全城的西斯廷大街是电影学院附近的一条主要大街，大街西端是城里最昂贵的高档公寓区，而东端靠近唐人街和电影学院的路段则常年聚集着不少无家可归者，也有不少精神病患者、瘾君子和娼妓在此流连。

西斯廷大街东端的街边和临近街区有不少廉价旅馆和廉租住宅，以及为流浪者和吸毒者提供救助的庇护所和廉价酒吧。这里不分白天黑夜，每天都能看到不同种族、年龄的精神恍惚的游荡者。昆甚至在晨起跑步时见到过猝死在街边的游民。

很多本地人和来温哥华的游客都觉得这里不安全，但是昆知道这里大多数游民除了看起来有些奇怪，其实并不会主动袭击陌生人。他经常路过这里，有时还会和同学到廉价酒吧喝一杯啤酒。当然如果他父母来温哥华，他是不会带他们到这里的，那会让他们担心。

昆刚走过一个街口，墙上画满涂鸦的后巷里走出一个浓妆艳抹戴着紫红色假发的女子。他认识这个女子，常见她在附近街道揽客。

"嘿，晚上好！琼。"昆主动跟那个女子打招呼。

"是你！亲爱的，今天想找点乐子吗？"女子几乎每次都会这么问他。"不啦，谢谢，今天是我生日。"昆几乎脱口而出。

"喔，祝贺你，生日快乐！你今年应该满十九岁了吧？可以跟过来人一起寻开心了，我可以给你一个生日折扣。"琼调笑道。她穿着夸张的迷你短裙和高筒靴，两手插在皮衣口袋中，脸上擦着浓重的粉但仍然遮挡不住皱纹。

昆犹豫了一下问道："琼，我正要去吃晚饭，想不想一起来？我请你。"他心里突然冒出这样的念头。听到昆的邀约，琼看起来有些吃惊，她很快向他伸出手。"好啊，当然乐意，我们去哪呢亲爱的？"琼亲热地挽起昆的手臂。

"嗯，你觉得去吃中餐怎么样？"昆问。"棒极了，我超爱中餐。"琼热切地响应道。

鸿鑫海鲜酒家在唐人街，离西斯廷东街不远，是昆在城里最中意的中餐厅。他喜欢的那家寿司店实在吃到有些厌倦，连一贯美味的红龙卷也变得令人失望起来。可是既然今天是自己的生日，昆觉得不管怎么样，还是应该庆祝一下。

昆和琼刚走进餐厅，老板便走过来打招呼："来啦，两位随便坐吧。"这位年轻客人经常光顾，老板早已对他面熟。他走过来把菜谱放在两人面前，余光飞快地扫了一眼坐在昆对面的琼。鸿鑫餐厅在唐人街经营多年，看到琼的举止打扮，店老板便猜出了她的身份。

"嗨，麻烦你了，我们随便点些东西就成，有什么快的或者现成的都可以。"昆看都没看菜谱就还给了老板。他对这里的菜式很熟悉，而且知道店里快打烊了。

"没问题，试试今天的炒粿啦，味道很好，鸡肉还是海鲜？"

"要斋粉吧，再要一份蚝仔烙和两罐'加拿大人'。"

"这位女士呢？"老板问，目光迅速从琼皮衣下几乎裸露的胸部扫过。

"我想要一份左将军鸡。"琼东张西望，她对中餐果然不陌生。昆有点担心地看着老板，他知道这道菜并不在鸿鑫的菜单上。

"好的，马上就好。"老板满口答应下来。

晚餐时间已过，餐厅里没有太多的客人，附近的两张桌上留着还没来得及收拾的残羹剩饭。昆和琼在一个卡座相对而坐，琼对窗外招招手，像是在跟熟人打招呼。服务生走过来把两罐啤酒和两个玻璃杯放在桌上。

"生日快乐！"琼和昆举起酒杯。餐厅里播放着一首猫王的经典歌曲It's now or never，琼一边哼唱一边熟练地用筷子把辣椒挑拣到盘子一旁。

"嗯，真是美味极了，我一定要问问他们是怎么做的。"琼闭上眼回味着。她端起酒杯嗓音沙哑地问："昆，什么时候能看到你的电影？如果需要帮忙我随时可以来试镜，别忘了我也是个演员。"琼告诉过昆她在学校时曾是戏剧团成员。

昆苦笑着叹了口气答道："天晓得。我都不知道毕业后该干什么，说实话我有点怀疑自己不适合做电影这行。"

琼笑道："有什么不适合的，不就是讲故事吗！西斯廷这条街的人你挨个聊聊，精彩故事包你说都说不完。"

"说得没错，琼，如果有可能的话，我倒是一直想拍个和西斯廷东街有关的故事。要不等我写好了故事，你来演？"

"一言为定。我做你的女主角。我还认识几个演员，到时候介绍你们认识。"琼喝光了啤酒，昆拿起啤酒罐发现酒已经没了，他举起空杯示意服务生再来两罐。

"你知道基德旅店吗？"琼突然问。

"是不是街角的那家老楼？"昆知道那是西斯廷东街附近一条叫祈化街上的廉价旅馆，他有时候会经过那里。

"没错。上次我跟一个住在那里的客人去他房间。那家伙是从东部来的，离开的时候他把身上所有的钱都给了我。一开始我还以为他很满意我的服务，我可从来没见过有人像他那么在乎别人的看法。虽然我也觉得他好像有什么不对劲的地方，但当时我没猜出来是什么问题。"琼说起话来总是颠三倒四，"那个家伙四十多岁，挺有教养的，也很体贴，可是你猜怎么着？"她夹起一块鸡津津有味地咀嚼着，昆耐心等着她的下文。"那天晚上我刚离开旅店不久，那家伙就在房间上吊了，是用他登山靴的鞋带，就在衣柜横栏上。"琼从嘴里取出一根鸡骨头。

"真的？"昆震惊地放下了手中汤匙，"后来呢？"

"当然是真的。当时我根本不知道这件事，直到后来我被警察找到协助调查。你猜怎么着？"

昆摇摇头："怎么了？"

"原来那家伙是个建筑设计师，还是个有名的事务所合伙人，家搬到温哥华后丢了饭碗，再也没找到工作。我在警察局还见到了他老婆，听说老公自杀了，而且最后一晚居然还跟一个妓女睡在一起，那女的彻底崩溃了，搞得我都有点过意不去了。"

"后来他们找到答案了吗？他为什么要寻短见？"

"天晓得，我哪顾得了这些。"

"你没发觉他有什么不对劲的地方吗？"

"说不准，谁都有见不得人的秘密，这没什么稀奇的，比那家伙古怪的人我见得多了。我只记得那天晚上他反复问了我好几遍同样的问题。"

"什么问题？"

"他问我觉不觉得自己跟这地方格格不入。"琼说，"我安慰他，跟他说西斯廷大街上每个人都有一堆心酸的故事，他们里面没有一个人属于这里。"

昆想了一会儿，说："我好像记得这个新闻，我看到过那件事的报道，那个男的是不是叫——黑狄斯？"

昆记得他曾经读到过那个事件的报道，他那时候正在写一个剧本，男主角的名字和旅馆意外身亡者的名字凑巧一样，所以他对此还有印象。

虽然他不确定自己是否能够感受到那个男子的心情，但是就像琼所说的，在西斯廷大街东段，昆的确见到过很多目光呆滞、憔悴绝望而令人心碎的面孔，那些人如同行尸走肉般在街边巷道里漫无目的地游荡。

"好像是吧，我可不记得，他又不是我的第一个客人，也不是最后一个。"琼摇摇头，"知道吗？西斯廷大街有很多像那人一样来自东部的失意家伙，除非你家底丰厚，或者运气不错，否则你在这个城市并不容易生存下去。"

琼望着窗外逐渐变暗的粉红色天空喃喃自语："不过，有时候想起来，我真希望能帮到那家伙，看起来他不像是个贪得无厌的人。"

昆和琼陷入了沉默。餐厅靠窗的一侧沉浸在粉红色晚霞中，那种淡粉色让昆突然想起了蟹笼中的那些用来作为诱饵的腐烂鸭脖。他皱了皱眉，努力想把那个画面从脑中抹掉。

琼抬头看了看墙上的钟，她拍了拍昆的手："听着甜心，我很愿意跟你多聊一会儿，可是我得去工作了。谢谢你请我吃饭，我都很久没吃过这么正点的晚餐了。"

看见琼起身，昆随着站起来，她给他一个紧紧的拥抱，暖烘烘的身上香水味浓得呛人。

"谢谢你陪我过生日，还有你的故事，我们找时间再聊。"高大的昆从矮小的琼的怀里挣脱出来。

"有需要尽管出声宝贝，我随时乐意为你效劳，剧本写好了记得给我看看。"琼挤挤眼，在昆脸颊上轻轻拍了一下走出餐厅。昆坐在窗边，看着她摇晃着消失在街角。

昆晃了晃手中的玻璃杯，他仰头喝完杯里的残酒，起身走到收银台前付账。昆突然注意到收银台后面嵌在墙上的玻璃海鲜缸里，似乎有一个东西在缓慢移动。

"龙虾没卖完？"他指着玻璃缸问道。鸿鑫的龙虾很有名，老板向来很自豪他们没有过夜龙虾。

"对啊，最后一只。今天客人多，中午有人摆宴席，海鲜都卖光了，只剩下最后这只虾喽。本来它也被预订了，后来那家人不来了，说今天'血月'不吉利，不能杀生。"

"这种龙虾是本地捞的吗？"昆想起铁笼子里惊慌失措的螃蟹，他好奇地问。

"这里不产龙虾，那是东海岸的大西洋龙虾，每天从哈利法克斯空运来的，很靓的。"老板把找零盘递给昆，昆飞快心算了一下，留下三块钱硬币在银盘子里，然后又放了两块钱。昆指着龙虾："能看看吗？"

"看，尽管看哦。"老板笑眯眯地把硬币扫进收银机锁上。昆走到海鲜缸前，看着那只趴在缸底的龙虾。昆大概知道哈利法克斯是加拿大最东部的一座城市，在大西洋岸边，但除此之外昆对那座城市一无所知。

他站在玻璃缸前看着那只龙虾，那吓人的家伙看上去像是位古代戏曲中的武士。看到昆龙虾居然向他缓缓爬过来，精致发亮的深褐色盔甲泛着红色亮光，两只长棒槌样的眼睛一动不动，头部两根长长的鞭状触角向上竖起，缓慢地对着昆摇动。

看到眼前这只全副披挂的龙虾，昆突然想起上小学时他爷爷带他去戏院看京剧演出的经历。他爷爷是个铁杆戏迷，只要他老人家醒着，窗台上的收音机里一定从早到晚连轴播放着京剧。

昆虽然完全记不清那次看戏的细节——当时的他根本听不懂台上那些描眉勾脸的演员拖着长腔的唱段（现在仍然听不懂），但是有一点昆却记得很清楚：爷爷带他去看的那出戏叫作《群英会》，戏里扮演周瑜的演员戴着两根又高又长的雉鸡翎，简直就像是面前的那两根龙虾触角。

他还记得爷爷给他解释，在京剧表演中，角色愤怒时，舞台上的演员会用掏翎和衔翎的动作来表示所扮演角色的心中的怒气：当被对手孔明点破他的如意算盘时，周瑜震惊万分，他头上那两根长长的翎子向上竖起；尾部梢上不断颤动，那显示他内心的惊惧不安。

看完演出昆对那个故事没有印象，却对那两根高昂着、漂亮且神气无比的雉鸡翎痴迷不已，以至于后来有很长一段时间，他到处寻找那样的两根雉鸡翎。

"老板，这只龙虾要多少钱？"昆指着龙虾不经意地问。

"二十八块，葱姜炒或者芝士焗味道都很好。不过今天吃不了喽，厨师下班啦，想要吃就明天过来吧，我跟厨房说一声帮你留着。"老板麻利地把餐桌上的碗碟剩菜装进塑料桶。

收银台上贴着一张纸，上面用中英文写着"只收现金"。昆打开钱包看了看，里面只剩下一张二十块的钞票。他有些犹豫，突然记起来他明天开始要去一家广告公司做暑期工。

"没关系，我明天要上班，不麻烦了。"昆带着遗憾说。

"你肯定吗？没关系的，你尽管放心吧，它死不了的。"老板以为昆担心那只龙虾熬不过一夜，"这龙虾命很硬的。上次人家给我看过一条蓝龙，说是有一百多岁啦。你真有心要的话，我告诉早班的人帮你留好，不然中午肯定就被人点掉了，我这里的龙虾抢手得很。"老板骄傲地说。他走回收银台收拾好票据。

"不用啦，谢谢，下次再说吧。"昆摇摇头。

回到公寓，黑暗中昆躺在床上辗转反侧，始终无法入睡。他脑子里走马灯似的交替出现着那粉红色的一幕：戏曲舞台上那位披盔戴甲的京剧演员，他头饰上不断轻微颤动着的两根飘逸神气、又长又亮的雉鸡翎。那两根微微晃动的龙虾触角像是不经意间突然唤醒了昆遗忘已久的一些记忆，一些隐匿在他内心深处的画面，一些不经常出现的面孔，轮番浮现在他心里。

在那些轮番上场的面孔中，有他那位沉默寡言的戏迷爷爷，他高中时候的校友钟山，还有其他一些模糊不清的脸。

昆突然想起来，小时候有次父母出差，他暂住在爷爷家，爷爷住的平房里忽然闯进来一只黄雀。那只冒失的鸟慌不择路地在屋里扑撞着寻找出路，看到那只美丽的鸟儿，昆兴奋无比。他正准备找衣服扑落它，爷爷却不声不响把所有门窗都敞开，四处乱窜的鸟儿瞬间夺门而出，消失在门外的火烧云晚霞中。

昆追到院子里，黄雀早已不见。他扫兴地回来，却看到爷爷的脸上带着少见的笑容。那是昆小时候罕有的几次见到爷爷有笑容。黄雀飞出房门消失在燃烧的天空中的画面和爷爷的笑容重叠在一起。从那时起，每当看到火烧云铺满天空的傍晚，他总是不由得想起那一幕。

粉红色火烧云倒映在铮亮的镜片中，天空、泳池和周围参加派对的人都浓缩在两片金红色的镜片中。

学校派对正在进行中，泳池边挤满了穿泳衣的男孩女孩。钟山戴着那副镜面泳镜躺在泳池边的太阳椅上发呆，从泳镜中望出去的世界是淡淡的灰蓝色。钟山目不转睛看着泳池另一侧，几位男女同学正在泳池边的躺椅上亲热调笑。

"来，先把药吃了。"躺椅旁传来一个女子的声音，声音低沉，带着不容置疑的口气。钟山抬起头，金红色的镜面上出现了一位女子的面孔，她端着杯子站在他身边。杯子和一片灰白色药片被放在他身边的塑料桌上。钟山顺从地端起那杯灰蓝色的水吞下了药片。

昆扭头看了看单人床边的书桌，那副本来属于钟山的金红色泳镜正躺在桌上，金红色镜面在黑暗中泛着幽光。昆坐起身伸手拉开百叶窗帘，月光瞬间照亮了卧室。窗外是一轮橙红色的圆月，像是透着血色，桌上那副泳镜镜片上月亮的倒影变成一轮金红色满月。昆眺望着窗外黑夜中的海港，月夜中远方的海平面泛着隐隐约约的光芒。

昆的记忆向远处的海平面延展而去。夜空被城市的灯光照亮发出五颜六色的光晕，晕染的光影倒映在海面上。

昆突然看到窗外天空中缓慢地漂浮着一个奇怪的物体，他凑近了窗子仔细看着，终于看清楚了，那个飞行物是一具白骨嶙峋的肢体，像是一种巨大动物的遗骸。昆突然想起小时候爱读的日本妖怪漫画书中，一种叫作化鲸的海怪：据说那是一种在大海上空飞翔的鲸鱼白骨幽灵，它有一个巨大的头部和白骨嶙峋的躯体。

那个白骨残骸在空中缓慢摇摆着，像条大鱼在海水中缓缓游动。

昆记得神话书里说，化鲸是一个无法被杀死的海妖，如果有人看到它，必定会有灾难发生。但是从小时候开始，昆向来不觉得那个海怪或者任何怪物令人恐惧,他反而对化鲸一直有些同情甚至向往。他觉得那极有可能是个被后人误解的故事:或许那只看似庞大且令人畏惧的化鲸,只不过是个寻找友伴的流浪者。

正当昆这么回忆的时候,那副白色的巨大骨架向他漂移过来,那具尸骸飞翔的速度越来越快,冲向公寓大楼。那个庞然大物猛然张开大口,直冲昆而来,速度之快甚至令他来不及发出任何喊叫。昆慌忙举手遮挡,他的手臂被怪物的利齿紧紧咬住,一阵剧烈的疼痛爆炸般地蔓延开。

昆突然从噩梦中醒来,他慌忙坐起身,大张着嘴巴用力喘息着安慰自己。窗外的海面一片宁静,满月静静挂在天空,并没有传说中的红色。昆的拇指仍然隐隐作痛,他望着手上清晰可辨的伤痕,心中突然升起了一个非常笃定的念头。这个念头是如此明确强烈,昆没有丝毫质疑。

像连续多日的沉闷无聊被突如其来的疾风吹散,答案灵光一现浮现在眼前!昆难以抑制心中的兴奋,他跳下床飞快地穿好了衣服,拿着车钥匙匆匆走出房间。

昆在餐厅附近的街边停好车,把那个金红色镜面泳镜掏出来戴上,他不想被人认出来。昆下意识抬头望着满月,月亮呈现出奇特的蓝色。昆走近鸿鑫酒家,透过窗户,他毫不费力地看到了那只趴在海鲜缸里的龙虾。

昆的心开始狂跳,他很久没有这种激动的感觉了。他迫不及待地绕到餐厅后院。这家餐厅他常来，车子有时就停在后院，昆很清楚餐厅后门在哪，那是进货专用的入口，他有时候和店伙计在后门口聊天吸烟。虽然后门上贴着电子防盗警报标志，但昆知道老板舍不得花两百块钱修那套早已失效的警报装置，这个标志只是个防贼的摆设而已。

不出所料，餐厅后门紧锁着。

昆在院子里找了一块石头，把后门旁的玻璃窗敲碎了一角，他伸手进去轻易地反手打开门锁，警报器果然没有发出任何声音。

昆走进餐厅后没有开灯，明亮的月光让屋里的一切看起来如同白昼。昆径直朝海鲜缸走去，毫不犹豫地伸手从水缸里捞出那只龙虾，放进随身带着的塑料密封袋里。龙虾的身体冰冷坚硬，沉甸甸的，像一坨金属。

当他从缸里捞出龙虾的瞬间，龙虾的两根长长的触角扬摆着扫过昆的脸，湿漉漉的触角触碰到他的面颊时，黑暗中的昆痒得禁不住大声笑起来。如果说把龙虾从餐厅带走像是绿林好汉劫法场，那么就在这一刻，他已经完全想清楚了自己接下来要做什么。

回到公寓时刚好是凌晨一点钟。昆趴在电脑上不停地搜寻着关于龙虾储运的相关信息。合上笔记本电脑，昆从储物柜里找到了一个野营用的白色便携式冷藏箱。他把冷藏箱洗干净，从浴室找了几条旧毛巾，用冷水润湿铺垫在白箱子底部，然后把冰箱里所有的冰块铺在湿毛巾上，再铺上另一层冰冷的湿毛巾。

一切准备就绪。昆小心翼翼地把龙虾从密封袋里拿出来，放在桌上。龙虾两根长长的触角在空中缓缓摇动着，打量着周围的世界。昆从未在无水的地方如此近距离地观察过一只龙虾。橘色的灯光下，龙虾湿漉漉的深色硬壳闪着暗红色的光芒，硬壳上面布满了斑点，宛如武士盔甲的片片鳞甲。那只龙虾身体节节交错，粗壮的头胸部和身体各处关节让它看起来像是某种穿越时空而来的太空旅行者。赤龙，一个名字在他心中浮现出来，没错，这条龙虾就是赤龙。

好像牢狱中的囚徒无意间打开了牢房铁门，昆心中浮现的计划令他倍感兴奋。他交叉双臂满意地看着面前的龙虾。

昆说："留在这儿只有死路一条，我带你远走高飞吧！"

昆把沉甸甸的龙虾小心地放进冷藏箱里，在它身上敷上冰块。一切摆弄妥当后，昆盖上了冷藏箱盖子。他激动不已地在公寓里来回走着，像是个终于得到期待已久的生日礼物的孩子。昆很快便收拾好了背包，兴奋过头的他根本无法入睡，他坐在屋里等候天亮。

凌晨四点半，天仍然黑漆漆一片。昆不愿意继续枯坐着等到天亮，他给广告公司主管发了条短信，告诉他自己临时有急事需要退出见习。他背着背包提着便携冷藏箱，走出公寓房间。

昆把冷藏箱放在越野车后备厢里固定好，把背包放在一旁。关上后备厢门之前，他轻轻拍了拍冷藏箱："好好睡一觉，醒了就到家了。"

昆开着他的那辆银色奔驰越野车冲出城市的时候，晨光刚刚出现。在这个城市住了这么久，昆似乎头一次听到霞光中的鸟鸣，它们的叫声如此欢畅。

天刚泛出亮光，东西向横贯城市中心的佐治亚大街所有的路口都绿灯高悬，畅通无阻的宽阔街道上见不到一辆车。昆踩着油门一路朝东疾驰而去，像是无意间窥到越狱机会的囚徒，生怕机会转瞬即逝。轻快的银色越野车像只白鸟，片刻就把尚在沉睡中的城市留在身后。

第三章
郊狼和百里客栈

七点半刚过，昆把车拐进加油站。给车加满油后，昆走进加油站商店，从货架上取了一个冰激凌放在桌上。"两块四毛。"皮肤黝黑的店员带着印度口音。

昆把几枚硬币放在收银台上。"请问有没有冰块？""有，在你身后的冷柜里。袋装的三块钱一塑料袋。如果要散装的，那边冷饮机自己去取好了，免费的。"店员瞅了一眼窗外的奔驰。"哥们，车子不赖啊，那是辆奔驰的新款吧？"

"是的，谢谢。"昆拿了一塑料袋冰块。

"是去森林公园野营还是过路，这么早在路上？"或许闲得无聊，店员好奇心很重。

"我去东部，哈利法克斯。"昆答道。

"哈利法克斯？你要去新斯科舍省？"店员吃惊地望着他，仿佛听到昆要去登月。

"对。"昆点点头。

"你要横穿加拿大？就你自己一个人？"店员的目光中带着惊讶和羡慕。

"不完全是，我还有个朋友在车里。"昆敷衍道。店员看了一眼窗外的奔驰车，狐疑地望着昆。

"噢，他在后座，正在休息。"昆支吾着走出商店。他拿着冰袋回到了车旁，昆打开后备厢，把冷藏箱打开，检查了一下温度和湿度。

赤龙蛰伏在一片寒冷和湿润的黑暗中，似乎是一只隐匿在某处黑暗冰原冻土层下的史前怪兽。昆满意地重新盖上冷藏箱盖，车子很快重新回到了高速公路上，继续向东驶去。

昆掏出那副金红色泳镜戴上，他摇下车窗，任凭耳边的风呼啸着钻进车里。灰蓝色的视野中他觉得自己像是个探险者，戴着风镜行进在游戏世界里某处荒凉的史前冰原。

在路上昆想起了去年夏天的那次旅行经历。

当时昆和好友赵江海、赵江海的女朋友孙丽莎一起去加拿大落基山脉腹地旅行。赵江海把车子停在麦金利冰原国家公园入口处，三人下车进入冰原公园，沿着徒步道向山上前进。盛夏时节，北部高纬度山区的阳光虽然明亮但软弱无力，山谷中仍然透着深刻的寒意。

徒步走了五六公里后，他们在一处冰川湖旁停下脚步。站在深绿色的冰川湖边，三人向远处眺望着。西北面铁灰色山岭如刀削斧劈，陡峭山崖上有一条高悬的瀑布几乎垂直落下，在周围岩峰累年积雪映照下，冰川瀑布呈现出奇特的淡蓝色。

赵江海忙着在湖边给丽莎设计各种造型拍照，昆独自继续沿着湖边小径朝瀑布方向走去。落基山旷野中除了远处瀑布的轰响声，只剩下呼啸穿过山谷的风声，忽强忽弱，好像有只他无法看见的巨兽正在山谷中不停呼吸。

昆很快走到赵江海和丽莎看不到的地方，他掏出金红色泳镜戴上。这副游泳镜的尺寸比普通泳镜要宽大很多，看起来更像是副滑雪镜。昆不喜欢墨镜，但却喜欢戴着这副游泳镜。他喜欢从这副镜片里看到的世界，一切看上去都被过滤统一，让他觉得更舒服和亲近。对他来说这副眼镜的作用早已超越了一副泳镜，昆用它作风镜和太阳镜，有时候在乘飞机旅行时，他甚至会用它作遮光睡眠眼罩。

不知不觉，昆走到山谷中一处平坦坡地，这里遍地都是布满细小孔洞的黑色岩石，看起来像是冷却的火山石。在远处纯净雪山的对比下，这些黑色岩石显得尤其狰狞。

昆蹲下身翻看着那些奇特的石头。他注意到不远处突然传来细碎的声音，时有时无，听上去像有人轻轻踏着砂石路，正朝他这边走过来。

昆抬头朝着声音方向看过去，他惊奇地发现一只黄褐色的郊狼正在不远处凝视着自己。昆蹲在原地保持不动，他垂下眼睛，用余光观察着那只郊狼。他并没有感到恐惧，不光是因为那只郊狼体形并不大，还因为他知道郊狼很少主动攻击人类。

昆从金红色镜面后注视着那只郊狼，他知道只要那只郊狼不看到自己的眼睛，它就不会感到紧张或被突然激怒——除非为了阻吓对手，很多动物，特别是食肉动物，其实并不喜欢和人类对视。

昆能感觉到那只郊狼有些犹豫，它站在那里，仿佛在考虑是应该离开，还是该走近一些。昆仍然没有挪动身体，他尽力让自己更放松一些，或许那只郊狼能够感受到他身体释放出的没有敌意的信号。

过了几分钟，郊狼似乎终于做出了决定，它慢慢靠近了昆。昆仔细观察着它，他没有移动身体。那只郊狼看起来非常瘦弱，它继续向前挪到昆面前，近到他能看到它脚爪上的毫毛。

金红色镜面上那只郊狼变成了棕红色，它仍在犹豫着，金色的眼睛不断瞄着昆。昆继续努力放松身体，他右手撑着头侧躺在地上，看到那双金色眼睛密切注视着自己的一举一动。

在温哥华附近的森林，昆曾经不止一次遭遇过郊狼。郊狼是北美灰狼的近亲，但是和狼不同，郊狼往往是独行者，在白天和人群比较集中的地区，它们并不常见。昆曾经读到一篇关于郊狼的有趣文章，郊狼是那些美国沙漠干旱地区的居民和墨西哥的印第安人非常熟悉的一种动物。

事实上，郊狼的英文名称"coyote"就是来自印第安人的语言。在印第安人的传说中，郊狼是继神之后，天地媾和所造出的第二个生命体。而人类则是后来郊狼和神一同用泥巴和水，像玩游戏一样所造出的生命。在印第安人的传说中，对人类和地球上其他的动物来说，郊狼是他们的叔父。

或许因为太瘦弱了，昆面前的这只郊狼长着和它身体比例不太相称的大耳朵，看上去更像只狐狸。看到昆躺在地上，郊狼似乎也放松了许多。昆从背包里摸出一些牛肉干，他的动作尽量缓慢，昆把肉干放在他和郊狼当中的碎石地上。郊狼迟疑了片刻，它走近后低头闻了闻，把肉干衔在嘴里，转身步伐轻快地跑了。

昆站起身，看到那只郊狼带着两只幼崽向灌木丛深处走去。昆把剩下的肉干放在同一处地方，然后沿着原路向回折返。

回到湖边，赵江海和丽莎正在准备午餐。昆告诉他们刚才他遭遇郊狼的事情。

"不要命了啊！昆，不能自己到处走，我们三个同进同退。"赵江海表情严肃地警告说。他掏出一本野外生存指南念道："如果在野外遇到郊狼，你应该站直，举起手，让自己尽可能显得高大可怕，并跺脚、拍手和吼叫，向郊狼扔一根棍子、石头或其他东西，试着吓跑它。这么做的同时，你应该眼神直视着郊狼，并慢慢往后退。如果你转身逃跑，郊狼很可能会跟随袭击你。"

除了没逃走之外，昆违反了所有原则。他漫不经心地说："没那么严重，而且我也的确没跑。"

赵江海说："那也没叫你躺下来啊，你这是准备舍身喂狼吗？"

"是挺悬的。"丽莎插嘴说，"不过，也说不定昆是救了一条命呢。你想，那只郊狼母亲那么瘦，可能已经很久没有抓到猎物，它的娃娃们肯定也都饿坏了。"

"不知道它们饿不饿，反正我的确饿坏了。我看看你们都煮了些什么？"昆揭开野营锅的盖子，一股浓重的麻辣气息扑鼻而来。

"韩国泡菜配野山菌拉面，高贵林名吃。"赵江海递过来一只碗和一双筷子。他和丽莎住在高贵林，那是一个韩裔人口比较多的城市。

"昆，明年毕业后你有什么打算？"赵江海呼噜呼噜地吃面条，声音响得好像整个山谷都听得到。

"暂时没什么具体想法。回国、去美国或者留在加拿大都行。我想先出门旅行一段时间再做决定。"昆答道。

"昆用不着你发愁。他父母生意做得那么大，他分分钟都可以回去帮家里工作，对吧昆？"丽莎盛了碗汤。

"我老爸一直明示或暗示我回国跟他们一块儿做，可我

对他们那行没啥兴趣，我还没想好。"昆听起来有点沮丧，
"到时候再说吧，我没什么打算，而且我知道我爸妈对我也
没啥期待，他们觉着我能顺利毕业就阿弥陀佛了。"

"啧，多好！你想做什么都行，要是我爸妈也这么想就
好了。"丽莎羡慕地叹道。

"哪儿的事！你们没明白，他们没有期待是因为他们觉
得我没啥用，什么也做不了。"昆苦笑道。

好像没有听到他的话，赵江海咂咂嘴感叹道："你说你
一个富二代，开着奔驰车，本来日子可以过得那么好，何
苦偏偏跑到这里来学编剧？这行多苦！咱们学校有几个混
出名堂的编剧？上届北京来的小松算是不错了吧，毕业后
去广告公司写卫生巾文案。其他人就不说了，学校附近的
伦敦药店的那个韩国收银员也是我们学校的，听说他还写
过拿奖的短片……唉，编剧连汤底都喝不上，要不好莱坞
编剧咋闹罢工呢？"

赵江海放下碗筷，碗里的面汤喝得一滴不剩。

"我，富二代？不算吧。按照温哥华标准，我爸妈顶多
也就算中产，况且我也没靠啃老过日子，你们不能拿一辆车
说事儿。"昆辩解道。

"这是实话。"丽莎点点头，"周五晚上到四季酒店门口
看看，那些玛莎拉蒂、法拉利，一排跑车，那才是真正的财
主娃。昆跟他们的确不是一拨人。"

"嗨，我没别的意思，我就是说昆多么自由自在，衣食无忧，不像我一个人得养活两张嘴，这话没错吧？"赵江海嬉皮笑脸地望着丽莎。

"赵江海，你赶紧打住啊，谁靠谁养活还不一定呢，看毕业后谁先找到工作再说，我可是已经有个工作的机会了。"丽莎白了他一眼。

昆听着他们两个人调侃，低头拿树枝拨弄着篝火。到电影学院读编剧是他自己的选择。在温哥华读完高中后，他没有像其他同学那样去美国爬藤（报考常青藤名校），在温哥华的不列颠哥伦比亚大学读了一年商科后，辍学去了电影学院读编剧专业，为了这件事他还跟家里解释了很久。

他只是想找点自己喜欢做的事情，没有什么特别的理由或者计划。昆不愿意按照父母的轨迹生活，家里也没有给他什么压力，他当时出国读高中的主要原因就是在国内成绩跟不上。昆喜欢电影，所以就报考了电影学院，就这么简单。

昆和父母的关系和大部分同龄人的家庭一样。在大多数外人看来，这是个和睦美满的理想家庭，昆是一个乖巧的孩子，很少在外面惹出麻烦。早年离开中国独自在外留学读书，后来昆和父母的沟通越来越少，虽然他们经常视频通话或者短信沟通，但是父母对他在异国他乡的情况知之甚少，他知道他们希望他在温哥华一切顺利，但缺乏兴趣真正了解他的状况。

刚开始他和父母讨论一些他经历的问题，但是很快便发现他们并不愿意也没时间倾听，他们更愿意把他们的意见毫无顾忌地塞给他。

昆边开车边回忆着去年的那次落基山之行，不知不觉时间已经临近黄昏。一连开了六个多小时昆感到有些疲惫，看到前方有个休息区的标志，他把车子驶出了高速公路。

休息区厕所被锁住，昆只好走进树林方便。他走出灌木丛回到休息区，休息区通告栏后传来响亮的对话声。昆绕过通告栏，公共野餐木桌边坐着两个壮实的农夫，其中一个埋头啃着辣鸡翅，另一个边喝啤酒边摆弄手机。看到昆走过来，两人不约而同地看着他，又看看昆身后的通告栏，通告栏上贴着寻人启事。

啃鸡翅的汉子打趣说："老天爷，莱斯利你咋变成这模样了？"说完两个壮汉相视大笑起来。

昆不明就里："抱歉，我不明白你的意思。"

啃鸡翅的汉子哈哈笑着说："只是开玩笑而已。"他指了指通告栏。昆这才发现上面贴着的寻人启事，他走过去看。

通告栏里贴着四张同样的寻人启事。启事上的照片是一位长发女孩，叫莱斯莉·约翰逊，失踪的日期是四年前，失踪时年龄十六岁。

寻人启事里说她最后一次被人见到是在此处，也就是百栈公路附近的灰澜河，当时她在那里和朋友旅行野营。女孩的特征是右手臂的一条红色游龙文身，启事附上了文身的局部特写照。

昆仔细端详着启事中的女孩，虽然照片已经基本褪色，但还能看出来女孩披散的长卷发带着暗红色。女孩有一双金黄色的眼睛，脸上带着有点忧郁的笑容。虽然知道未必会有用，但昆还是尽量仔细记住了女孩的样子和启事上的信息。这是昆这几年养成的一个习惯，每次看到有寻人寻物启事，不管寻找的是走失的人还是宠物，他总是希望能帮上忙，让那些迷失者尽快找到家。

他看着照片，又回头看了看远处的山谷。昆问那两个壮汉："你们认识她？"啃鸡翅的那位回答："当然。她是我们镇上的，莱斯利从小就有点……"他手指在头上画了个圈，做了个表示疯狂的手势。

昆问："她还没找到？"捏着啤酒罐的汉子说："没有，听说她入了一个邪教，跟一个外国人混在一起，真不知道为什么还留着这些告示，她肯定早死了。""说不定她变成了一头母狼……"啃鸡翅的那位捏着鸡骨头开始学狼嚎叫，两人大笑起来。

昆没有逗留，他上车离开了休息区。

根据信息栏对周边地区的简介，接下来的百栈公路是一段近五十公里的旧公路。这里早年曾是淘金者聚集的地方，在这五十公里的路线上，有众多供淘金者歇脚的小客栈，在历史上号称百家淘金客栈，只是不知道现在还有几家仍在经营。昆这样想着，看了看渐渐变暗的天空，打算再开三十多公里就结束今天的行程。

重新上路之前，昆再次检查了一下冷藏箱中的情况，看起来一切都很正常。赤龙一动不动继续处在休眠中，不晓得它知不知道自己正在回家的路上。

昆曾经读过一些关于冷冻生命的报道，据说有人通过科技手段将自己活体冷冻，计划在未来某个特定时间点解冻再生。好像曾经有一部电影讲过类似的故事，一个前往未来星际殖民地的太空旅客因为意外从冷冻状态下提前复苏而引发危机，看来不合时宜的苏醒也有危险。

郊狼客栈出现在远处公路边的时候，昆没有犹豫便朝那里开过去，那时已经是晚上七点半。暮色中郊狼客栈的红色霓虹灯标志，在没有人迹的旷野路边显得分外明显，百米之外昆就看到了那只凝神向他张望的狼头和"VACANCY"（有空房）的标志。昆把车子停在客栈前的碎砂石停车场。

他拎着有龙虾的冷藏箱和背包走进客栈前台，狭小的客栈前厅里，一个裹着头巾的中年男子正聚精会神地盯着电视，头巾上是印第安传统图案。简单登记后，柜台后的那位黑发矮胖男子递给昆一把钥匙。

"唔，这里晚上好像有点冷。"昆下意识地抱紧双臂。他忽然觉得离家很远，虽然这里并不比温哥华离中国远更多。"习惯就好啦，这里早晚温差大得厉害。"

"郊狼客栈也是百栈公路上的一家淘金客栈吗？"昆带着希望问。"当然不是啦，百栈公路那个年代的淘金客栈只剩下白马镇的金砂旅馆了。"男子从桌上的薯片袋里掏出几片薯片塞进嘴里大口嚼着，嘎吱嘎吱作响。他把薯片袋递向昆。

"哦，谢谢。"出于礼貌，昆象征性地取了一片薯片。"你到白马镇去？"男子的黑发浓密而油亮卷曲。"不是，我去东部，哈利法克斯。"昆说。

"嗯，我表哥维恩上次从渥太华来，路上开了四天半。"男子好像并不觉得昆横跨国土之旅有什么稀罕，"中间的那段路如果从美国那边走会快很多，风景好一些，中部除了平原其他什么也没有。"他提醒道。

"是吗？"昆突然想起自己离开得匆忙，忘记带上护照。男子耸耸肩："当然，如果你不赶路也无所谓。现在不是每个人都愿意去美国的。"他不愿再多说，拿起薯片，继续望着墙角电视机里的棒球比赛直播。

得克萨斯游骑兵队击球手把球大力击到中外野尽头，多伦多蓝鸟队中外野手高高跳起挥手把球从空中摘下，敏捷得像一头捕猎的豹子。

"对不起，请问哪里有制冰机？"昆知道大部分加拿大的旅店都给住客提供免费冰块。"制冰机在走廊尽头，就在你房间门口。"男子眼睛没有离开屏幕:"退房时间是十一点,如果你要早离开或者我不在,把钥匙塞在门口信箱就行。"戴头巾的男子把最后一小把薯片倒进嘴里,说话的时候,几片碎屑从他嘴角掉出来。他只好闭着嘴唇努力吐出最后一个词。

昆刷完卡把读卡器放在柜台上,男子不再理睬他,只是继续看棒球赛。昆打量着办公室里的信息栏,那里贴着一张有郊狼图片的野生动物风险提示,旁边是几张寻人启事。昆再次看到了那个失踪女孩的面孔,金色的双眼凝视着他。前厅窗户没关紧,夜风往里灌。

昆刚准备离开,身后突然传来响亮的拉枪栓声。前台值班的人闻声急忙转身,看清来者后笑起来:"罗恩!你这个混蛋!我还以为有人打劫呢!"

前厅敞开着,一个穿迷彩打猎外套的男子手持一把带夜视瞄准器的乌亮长枪巍然站在门口处。他四十岁出头,戴着迷彩棒球帽,身后站着一位年轻女子。女孩塞着耳机,不耐烦地嚼着口香糖,身材前凸后翘,黑色紧身皮裤和土黄色T恤几乎快要撑裂。

叫罗恩的持枪汉子望着屏幕上的球赛叫道:"怎么搞的?我错过什么了吗?"前台答道:"刚刚有个队员在一垒,古利维奥的本垒打扳成五比四,蓝鸟领先。好久不见了,最近好吗?"

罗恩摘下帽子挠着汗津津的头发："可把我忙坏了！早上才离开家，明天去德里克山谷。"前台问："收获如何？""目前为止一切很好。"罗恩挤了挤眼，向前台男子暗示自己身后的女子。昆望着那个女孩，她嚼着口香糖随着听不见的音乐摇晃着。

前台男子笑着从柜台上拿起读卡器，撕下收据递给昆，一边继续问迷彩猎服男子："还在用那把雷明顿700？"罗恩把黝黑的枪放在柜台上，骄傲地展示给对方。

前台站起来端详着那支枪："哇，你配了副夜视仪？这是架新款的Sentinel 3x60？这玩意儿得一千多块吧？"

罗恩说："不便宜，不过晚上打郊狼利索多了。"

前台羡慕地说："看着真爽，我都好久没摸枪了，手痒得很。"

昆站在一旁听着两人的谈话，望着桌上的那管枪。猎人瞟了昆一眼，奇怪地盯着他脑门上顶着的那个泳镜看着，昆冲他点头算是打了个招呼。

昆好奇地问那个叫罗恩的："这里允许打郊狼？"他记得狩猎有严格要求。

罗恩点点头："这里的牛仔们恨死那些郊狼了！他们的小牛常被咬死。现在有人收购郊狼皮毛，我见过好几次三条腿的郊狼，都是啃断了腿逃掉的。现在狼快被套光了，这可真成了悲剧。"

罗恩漫不经心地看着墙上那张郊狼的照片，照片中的郊狼目光炯炯地凝视着前方。前台说："悲剧个屁。我才不在乎呢，要是它们害得牛肉涨价导致我吃不起牛排，那才真是悲剧！"

罗恩转头望着前台："这话我不能同意，真要把它们赶尽杀绝了也没好处。"

前台笑道："好了好了，省省吧罗恩！少来'帮助我就是帮助你'那套陈词滥调。"

前台男子从柜台下摸出一瓶剩下半瓶的朗姆酒和一把钥匙，摆在柜台上："这是你上次留在房间的酒，好好享受。"猎人拿过钥匙拎起酒瓶，吹着口哨转身走出了前厅。

前台诧异地看着昆："你还需要什么其他的？"昆答道："你还没给我钥匙呢。"戴头巾的男子这才反应过来，递给昆房间钥匙："213室，上楼梯左转。"

昆走出前厅，上楼前他看到自己车旁停着一辆白色皮卡，不断有血液滴下落在砂土地上，他猜那应该是那位猎人的车子。昆拎着冷藏箱，进屋锁上房门。

洗完澡昆靠着枕头躺坐在宽大的双人床上。他瞥了一眼桌子上的冷藏箱，赤龙的情况看上去一切正常。昆拿起遥控器打开电视，频道中正在播出一部老电影《肖申克的救赎》。这部电影昆很多年前看过，男主人公安迪最终逃出了监狱，在暴雨咆哮中享受着自由。

他按下遥控器，转换到另一个频道，《黑客帝国》中，墨斐斯摊开两手，手中各有一片药片，一红一蓝。他戴着墨镜对尼奥说："如果你选择蓝色的药片，故事就会到此结束，你将会在自己床上醒过来，愿意信什么随你便。如果选红色的那片，你会继续留在奇境中，我会带你去看看，兔子洞到底有多深。"

"两片一块儿吞下去，或者哪片也不吃。"昆自言自语地建议道。

昆不知不觉睡着了。不知睡了多久，他被隔壁的声音惊醒，像愤怒的野猪发出的嘶吼，是罗恩的声音。电视屏幕只剩下雪花。

昆关掉电视，起身拉开窗帘，他望着窗外消失在黑暗中的公路，在偶尔经过的车辆的灯光照射下，公路不时向远方延长了一些，很快再次陷入黑暗。昆觉得曾经汇聚淘金者的这块黑暗荒原下，现在一定还有不少隐匿的黄金。

昆突然觉得有些想家了，虽然他不知道对他来说家是在温哥华还是中国，可能他只是想念想家的这种感觉而已。他搬来温哥华时是高中一年级，除了每年学校放假回国探望父母，他早就习惯了这个城市的生活。

有时候他觉得那些童年或少年时代在中国的记忆好像早已远去，变得很模糊了。现在每次回中国，他常常有些疑惑，不知道自己应该觉得熟悉还是陌生。

昆最初来到这个国家的时候，并不是出于自己的选择。他的父母正在创业，企业的事情让两人焦头烂额，甚至经常把生意上的争论带到家里。后来他们终于面对现实，因为实在没有时间和精力满足校方对学生的各种学业要求。他们决定把他送到加拿大，寄宿在当地人家中，尝试一种不同的生活。他们听说温哥华是个安全而友善的地方。

昆寄宿在高中学校附近的基斯兰奴区。房东是一对希腊裔老夫妻，他们把不大的两层楼住所改建成为四个单元，房主以外的三个单元都住着长租客。除了昆，另外两个租户分别是一位中年女护士和一个性格孤僻的老作家。

寄宿的那两年里，昆只见过那位作家几次。他通常通宵写作，白天闭门不出，只有天气很好的时候，他才偶尔叼着烟斗走出地下室，在前阳台晒太阳。昆觉得他像一只神秘的猫。

二楼的住客女护士玛蒂同样是独身，起码工作日大部分时间如此。周末的时候她有时会有不同的男访客。房东夫妻经常出门野营，这时候玛蒂的派对会变得有些喧嚣。有一次她的房间里传来凄厉的惨叫，昆以为发生了肢体冲突，出于担心，昆偷偷拨打了报警电话。接警后两位迅即赶到现场的皇家骑警尴尬地发现，玛蒂和她穿皮带革的访客只不过是在尝试新的私人游戏而已。

隔壁的嘶吼越来越激烈，罗恩长长地哀叫了一声，一切重归寂静。昆打开窗户，远处传来郊狼的叫声，嚎叫声此起彼伏，像是群狼正在夜宴。

昆住在地下室的一个小单元中。虽然来自一个私企家庭而且父母生意做得不错，但是他的父母并没有给他挥霍的机会。令不少人包括赵江海艳羡的那部奔驰车是昆上大学后，他父亲来温哥华时送给他的生日礼物。

昆总觉得那部车子像是他父亲出自内疚的某种表达，从那个礼物来看，昆猜测他父亲肯定有很强的内疚感。他很熟悉父亲的沟通表达方式，除了感情，父亲总是很直接地表达他的观点，至于昆的看法，对他来说既不重要，也过于幼稚。

昆躺在床上，他的双脚悬在床垫外。窗外的月亮不知什么时候从云层后面转出来，明亮的月光铺满了郊狼客栈和昆的房间。冷白色的月色中，冷藏箱里发出细微的咔嚓声，不知道是冰块在融化，还是赤龙在梦里翻了一个身。

开了一整天的车，昆觉得很疲倦，但他脑中却一直反复出现那个失踪女孩的照片和那双金色的眼睛。昆抬起手臂，在月光下看着自己左手臂上那个彩色文身。

那是两年前在墨西哥南部旅行的留念。昆和当时的女友莫娜利用春假南下旅行，他们避开了学生比较集中的坎昆等地，去了中部的瓜纳华托。

在瓜纳华托的一个炎热的下午，昆被莫娜拉着在城里闲逛。一个小时后，他被太阳晒得昏昏欲睡，两人来到一个小广场边的露天咖啡馆，在太阳伞下躲避阳光。看到莫娜戴着墨镜，啜着冰咖啡，手捧一本小说懒得聊天，昆觉得百无聊赖。他走到广场对面的商店闲逛，信步走进一处门面看起来毫不起眼的小店。

商店里堆满了各种陶器，看起来这是一个制陶艺人的作坊。工作坊里没有其他顾客，到处摆放着赤红色和黑色的陶器和动物雕塑。昆走到商店的后院，看到一口窑前有一个束着头带，肤色棕红的男子正和着水，摆弄一些红色黏土。他双手像芭蕾舞演员的双脚一样舞动着，随着他十指转动，一个个造型各异的人物塑像陆续从他两手捏合的缝隙里鲜活地跳出来。棕红皮肤的男子把那些捏好的人像放在一个木板上晾干。

"嘿！真了不起！"昆忍不住赞叹道。"这些陶器都是你做的？"昆小声问道，好像怕打扰了那个人。

"嗯，想要什么你随便看好了。"又一个活灵活现的小泥人像是魔术一样从男子虎口处跳出来。昆注意到那个男子左臂有一个手掌大小的文身，是一个他没见过的动物图案，看上去既像条龙又像条鱼，图案的风格像当地的传统风格，和一般的文身很不一样，那个图案由不同的色彩组成，非常鲜艳。

"你这个文身很特别。"昆仔细看着由衷赞叹道。

"是我自己文的，图案也是我自己画的。"男子自豪地说。他的英文不太流利，带着浓重的口音。

"这是条鱼吗？"昆问。

"是一只鸟。"男子笑道，"俯冲的时候神鸟的双翼是这样紧缩着的。"他一边说一边把双手紧贴在身体两侧，耸起双肩，用力瞪大双眼模仿着那只鸟，好像头发都竖了起来。

"嘀，真有趣，我一直希望有个这样的文身。"昆说。

"好啊，来吧，我来帮你弄一个。"男子在水桶里涮了涮手，擦干净站起身朝店里走去，昆随着他到屋里坐下。男子棕红肤色的手灵巧地打开一个扁平的木头工具箱，箱子里摆满了各种不知名的文身器材，大小尺寸的针，手柄，画笔和五颜六色的小染料盒。看上去既像是美术家的画笔箱，又像是职业杀手的刑具盒。

不知是刚才被他所扮演的神鸟说服了，或是被太阳晒得有点头脑发热（昆的爸爸后来果然是这么说的），还是全凭直觉，昆相信面前这个红皮肤的巧手艺人，于是毫不犹豫地伸出裸露的手臂放在他面前。

接下来的时间里，昆像是欣赏一个画家在熟练地描绘一幅了然于胸的画，或是一个手艺精湛的外科医生交替使用各种手术刀具操作一台手术，他不记得是否感受到了疼痛，只是觉得异常欣快。

大概一个小时后——其实他并不记得那个文身究竟花了

多长时间完成，这是最不重要的一件事。但是后来每个见过这个文身的人都不相信他的故事，他曾经给温哥华的专业文身师看过，所有见过的文身师都断定他的文身绝对不可能一次完成。

"你一定是记错了，兄弟，相信我，这个活最少得三次才能做完。"后来，西斯廷东街的一位文身师笑着告诉昆，"那家伙肯定对你做了些什么，让你记不清到底发生什么啦。"

昆回到广场边的咖啡店，不动声色地在莫娜对面坐下，文身朝下伸手轻抚着她的手臂。她咕哝了一声把他的手推开。"喂，你的手臂怎么了？"她终于注意到他手臂上缠裹着的塑料薄膜，像是一个打包的三明治。

昆转过手臂把那个文身展现在她面前。昆至今还清楚地记得莫娜震惊的神情，她目不转睛盯着薄膜里那只还有血滴渗出的五彩斑斓的手臂，抬起双眼时流露出贪婪的神情。那天后来的时间他们一直待在旅馆房间中不停地做爱，昆猜想那只包裹着塑料薄膜的手臂肯定对她施加了某种魔法。

从墨西哥回来不久，他和莫娜便分手了（文身应该不是导致他们分手的原因）。后来昆听说她去了加州，只剩下那只鸟的文身伴随着昆。

第四章
边境风云

　　客栈房间在阳光的照射下逐渐热起来。昆睁开眼睛发现已经快到中午的时间了。他大吃一惊，匆匆退房离开郊狼客栈。昆一口气沿着公路向东开了四个小时，他想追上因为贪睡而延误的时间。

　　离开客栈的时候停车场只有他的那辆奔驰，昨天停在旁边的那辆白色皮卡已经不见了。昆在砂土地上寻找血滴痕迹，找了半天什么也没发现。

　　他的手机在一小时之后耗尽了最后一格电，昆只能看着路标和凭着记忆继续前进。

　　午后三点的高速公路上蒸腾着热气，如野马过疆，公路上只有奔驰越野车独自疾驰。昆突然听到后方远处响起警车鸣笛声，从后视镜中昆看到一辆褐色的巡逻车正闪烁着警灯，加速追赶上来。警车很快逼近了奔驰车，昆赶紧减速把车子停靠在公路一侧。

一个戴着墨镜、身穿草绿色制服、头戴宽边警帽的执法人员坐在那辆巡逻车上，他在车载电脑上输入了一些信息后走下巡逻车，走到奔驰车边深沉地看了昆几秒钟，示意昆摇下车窗。

昆看到自己的面孔出现在对方墨镜上，他鼻梁上架着一副金红色反光镜面太阳镜，镜片看上去和昆的游泳镜几乎一模一样。昆不由得猜测对方从墨镜中看到自己的面孔同样是灰蓝色，他把泳镜推到头顶。没等昆的猜想继续展开，对方开口打断了他的思绪。

"下午好，我需要看一下你的旅行证件，先生。"

身穿制服的执法人员口气冷淡，脸上看不出任何表情。昆看到对方胸前佩戴着的海关CBP（海关和边境保护局）字样徽标和星条旗标志，不由得吃了一惊。他不知道自己是什么时候竟然越过边境，进入了美国境内。

"老天，真对不起！我还以为自己在加拿大那边行驶，我根本没注意到已经过境了。"昆赶忙解释道。

"先生，我需要看看你的护照和旅行证件。"对方并没有对他的解释做出任何反应，只是重复着同样的要求，口气有些不耐烦。

"呃……我……没有带，对不起，出发的时候我忘了带护照，本来我也没打算到美国的。"因为紧张昆有点口干，说话也变得有点结巴。

"留在车里不要离开。打开后备厢，我需要检查你的车辆。"边境官围绕车子走了一圈，打开后备厢检查。他打开副驾驶车门，看到冷藏箱拎起来掂了掂，然后打开箱子拨弄着冰块，在看到埋藏在冰块下的龙虾后皱了皱眉头。

"这是什么？"执法人员的语气变得严厉。

"是一条龙……"出于紧张昆声音突然变得有些颤抖，"龙虾。"

"活的还是经过加工的？"对方追问道。

"活的，活的。"昆赶忙解释。

"是活龙虾？你自己食用的还是有其他用途？你有没有取得野生动物携带许可证？"近乎逼问的质询。

"不是，我不准备吃，这是我从温哥华带来……买的，我准备把它送回哈利法克斯，我没有申请许可证。"昆老老实实地回答。

长时间的沉默。面容冷峻的执法人员从墨镜后紧盯着昆，虽然昆根本看不到对方的眼睛，起码他是这么感觉到的。

"送这只龙虾去哈利法克斯？"

"是长官，我想去那里把它放归海里。"昆如实回答。

"等等。"对方摘下墨镜，额头上拱起几条抬头纹，看不出情绪的灰色眼珠紧盯着昆，"让我搞清楚，所以你是告诉我，你现在正在独自驾车横穿加拿大，目的是把这只龙虾送回大西洋？"边境官逐字逐句地问，听起来充满讽刺。

随着对方的提问，昆迅速在脑子里勾画出一条从太平洋岸边到大西洋岸边的路线图，就像斯皮尔伯格的电影画面那样。他快速检索着这条旅行的荒唐之处，想了半天，也没有觉得这个打算有什么不可理喻的部分。但是他知道这时候辩解有害无益。他很小就明白，当误解发生的时候，辩解从来没有帮他赢得过对方的理解。

"是的长官，您的理解是对的。"昆只好再次确认道。

"为什么？"对方带着讥讽的笑容问。

"抱歉，我不懂您的意思，什么为什么？"昆不清楚这位边境官对他的横穿旅行的哪一部分感到疑惑。穿制服的人没有回答，他仍然在副驾驶门边俯身盯着昆，看得昆浑身不自在。

"我明白了。既然如此，"对方微笑道，耸耸肩直起身，带着冰冷的口气走回驾驶座一侧的窗边，"下车，身体面朝车子站好，两腿分开，把双手放到身后，动作慢一些，让我一直能看到你的手……"昆试图记住这些指令。

从背后拉着他手臂的边境官突然停下手，好像看到了什么，过了几秒钟他讥讽地说："哦，这文身真不错，你真的很喜欢墨西哥是吗？"虽然看不到他的表情，昆知道对方的意思并不是赞赏他的文身。

没等他回答，昆的手腕便被冰冷的金属紧紧地铐住，边境官拉着他的手臂来到巡逻车边，按住他的头把他推进车后座。

"先生，你涉嫌非法进入美国国境，并携带野生动物活体。现在我需要你跟我到边境检查局接受进一步调查。"边境官戴上黑色橡皮手套，把冷藏箱和昆的背包放到警车后备厢，他的表情看起来好像查获了两包毒品。昆还没来得及再次辩解，巡逻车便呼啸着重新驶上了公路。

在边境检查局的屋里，昆拘谨地坐在长桌前，桌后的墙面是一面单向镜，他对面的三脚架上架着一台不知道是否运行着的小型摄像机。

昆对面的一个边境官戴着黑色皮手套，不紧不慢地把他背包里的东西掏出来，排列在面前的长桌上，逐一仔细检查，把背包的每一个角落和缝线口都慢慢地捏了一遍。

他把冷藏箱放在桌子上，把所有的冰块倒出来，反复检查箱子，然后拿着赤龙反复上下反转察看。他把龙虾递给另一个边境官。

"过一遍扫描仪。"他敲打着面前的电脑键盘，然后抬起头看看昆，好像是在比照某种信息，"龙虾是你从温哥华买的？"他严肃地望着昆。

听到这个问题，昆突然想起自己在鸿鑫餐厅后门破门而入的一幕。他有点担心在美国和加拿大的司法部门的联网信息中，自己已经沦为一个正在遭受追捕的逃犯。

或许鸿鑫餐厅的警报器并没有失效，各种可怕的念头，尤其是美国电影里那些牢狱性侵犯者的形象在他脑中迅速闪过。昆下意识地收紧了身体，像一只准备钻进海底砂砾里躲藏起来的章鱼。

"嗯。"昆没敢多说。

"你告诉我们你带这只龙虾，去东部，放回大海？"对方仍然盯着电脑屏幕，眼睛一眨不眨。

"嗯。"昆记得他曾经听别人建议过，对边境官最好实话实说，而且千万不要多话。

"你这样做是否有特别的原因？"

"没有。"

"这只龙虾是否经过特殊处理？"

"没有。"

"你这样做是否受他人指使？"

"没有。"

"你在当地和所住地是否接触过违禁药物？"

"没有。"

"你有没有携带任何违禁药物？"

"没有。"

"你最近去过墨西哥？"边境官继续紧盯着昆。

"对。"昆突然好像有点明白了关于文身的问题。

"告诉我你在墨西哥的所有活动。"

昆绞尽脑汁回想着上次旅行，把所有的细节，包括文身的故事告诉了对方。接受了很长时间的细致询问后，边境官终于结束了他所有的问题，昆被单独留在房间里等候。

昆坐在房间里枯等了很久，终于听到房间门把手转动的声音。一个女边境官走进来，手里拎着冷藏箱。"好了，拿好你的物品，我带你出去，送你过境。"

女边境官面无表情语气冷静。昆终于松了一口气，虽然觉得无奈但仍然诚恳地说："很抱歉我无意越境给你们带来了麻烦。"

听到他这么说，对方语气忽然变得有些缓和。"没关系，如果你的行程因此受到延误我很抱歉，注意边境提示，你可能听说过最近越境毒品运输的事情，我知道你肯定不希望引起误解。"女边境官简短地说。

昆知道有种新型毒品从美国南部和墨西哥传入加拿大，目前正在全国各处蔓延。关于这个毒品危机媒体有大量的报道。听到这里，昆明白了他接受如此详细盘查的原因，他推断一定是活体动物、奔驰车、横穿加拿大、手臂的墨西哥文身和穿越边境这几个元素叠加引发了对方的怀疑。

昆打开冷藏箱，发现赤龙已经被重新埋入冰块。美国人果然够慷慨，给他装了整整一箱冰块，冷藏箱变得十分沉重。他放好了自己的物品后，跟着女边境官走回巡逻车。

巡逻车沉默地闪烁着警灯开出了边境检查局停车场，截获昆的那位边境官开着他的奔驰紧随其后。二十分钟后，昆乘坐的那辆巡逻车在路边一块刻着"美国"字样的锥形石碑前停下。

"你可以离开了，祝你好运。"女边境官站在昆的车边，双手交叉在胸前冲昆点点头。在她身后，那位截停昆的边境官一手搭在巡逻车门上，一手叉腰望着昆。昆从他的墨镜中仍然能感觉到对方狐疑的目光。

昆对他们摆摆手，迅速发动了车子。汽车起步驶入加拿大一侧，昆从后视镜里看到那位边境官耸耸肩和女同事钻进了褐色巡逻车，巡逻车打着闪灯掉头朝相反方向开去。

刚离开美国国境，昆突然想起他竟然把手机遗忘在边境检查局，但是他没有丝毫犹豫，继续踩油门远离了边境。天晓得过去的两个小时里，美国警方是否接到加拿大皇家骑警的请求，协查捉拿一个龙虾大盗。

昆只是很高兴他终于重新回到了路的另一侧。虽说这两个国家是关系密切的友好邻邦，可是相比美国，昆始终觉得还是加拿大让他更放松些。

第五章
白马镇的萨姆

两个小时后，白马镇的路牌标志终于出现在公路右前方。路牌上是一头悠闲吃草的奶牛，写着显眼的黑体字：白马镇欢迎您。

昆刚把车子开入高速公路的出口车道，突然感到车子有些异常，他手中的方向盘明显变得僵硬了许多。昆赶紧放慢车速，小心地把车子拐进公路下的镇上。他很庆幸车子的故障不是发生在高速公路上。白马镇本来就是今天的目的地，他终于在天黑前赶到了这里。

白马小镇在泳镜里看起来是淡淡的灰蓝色，安静冷清，整个小镇看上去只有一条街道，街道两边没有两层以上的楼房。崭新闪亮的银色奔驰车缓缓穿过小街驶入静悄悄的小镇，路上见不到行人，这里仿佛是被遗忘的一个西部片场景。

昆在一家商店门口靠边停车。这是一家旧书店，临街的窗口里高高堆放着发黄破烂的旧书，窗户几乎全被书挡住了，无法看清店里的样子。发黑的木门上老式黄铜圆门把手和旧式门锁似乎提醒着来访者这个店铺的年龄和背后的故事。

昆走进书店，才发现屋里的旧书比他想象的还多。他绕过堆积如山的旧书和杂志，小心翼翼避免踩到什么。书堆后露出一个光秃秃的头顶，紧接着昆看到一位老汉坐在窗边沙发上正埋头抽烟看书。听到有人进门，老汉哼了一声，连头都懒得抬。老汉身边的橡木书桌陈旧精美，一尊手臂高的青铜象鼻神凝视着昆。书店里混合着印度焚香、香烟和旧书的味道。

"对不起打扰您了，我想问一下，镇上有没有修车店？"昆随手拿起一本书走到老头面前。

"嗯？"老汉摘下圆眼镜。他蓄着白色胡须，短须修剪得齐整。老汉上下打量着昆。"你来啦。"他似乎预料到昆此时会出现在店里，"从哪里来？"

"温哥华。"昆答道。

"要去哪里呢？"

"哈利法克斯。"

"很好。车呢？"老汉掸了掸烟灰，满意地点点头。他对昆的旅程显得并不吃惊。

"我停在门口了。"

昆冲着窗外街对面努了努嘴，老汉拨开窗台上的几本书，从书堆的空隙里向外张望。

"车子有渗漏。"老汉指着车子说。昆蹲下身体顺着他手指的方向朝对面的车子看过去，果然看到车子下的地面有一摊液体痕迹。

老汉从书堆的阴影处站起身，这时昆才发现他穿着一件暗红色绣着黑色龙纹的东方样式的绸子睡袍。昆下意识地看了看窗外，虽然时间临近傍晚，但阳光却依然耀眼。老汉走出书店，他穿过马路蹲在奔驰车前，伸出一根手指蘸了些地上的液体放在鼻子下面闻了一下。

"方向盘有什么问题？"听起来老汉是个懂车的人，第一个问题就问到点子上。

"本来没问题，可是刚才从高速公路出来，减速的时候方向盘变得很僵硬。"昆解释道。

"车钥匙。"老汉把烟卷叼在嘴上，看着奔驰车朝昆伸出一只手，昆赶紧把钥匙递给他。

老汉上车打着了火，起步拐弯，奔驰车消失在小街尽头的夕阳中。昆茫然地站在白马镇这条无名小街当中，脑门上架着那个反光泳镜。夕阳西下的街上空荡无人，暮色里白马镇的时间停顿了，只剩下一片黄褐色的世界，还有空气中残存的汽油味。

几分钟后引擎的声音再次响起，银色奔驰车重新出现在小街尽头。车子在昆身边刹住，红袍老汉下了车把钥匙抛给昆。

他拍打着双手说："车子压力补偿失调，液压装置漏油。车子行驶操控系统是电脑控制的，这种豪华车白马镇修不了，得回麦迪逊去，那里有专门伺候这种进口车的维修店，给他们打个电话，他们会派拖车把车子拖回去。"

昆心里一沉，他印象中去麦迪逊要原路返回。

"麦迪逊离这里有多远？"跟着老汉回到书店后，昆问。

"四百多公里。"老汉回答，"电话簿在书架上，电话在柜台上，你自己联系吧。"他捡起那本厚实的硬皮书，重新架上眼镜陷进沙发。

昆找到黄页，翻到了麦迪逊市的车辆修理厂，他拨打了对方的电话，很快他便失望地挂了电话。

"怎么，他们不想做你的生意？"老汉的余光从眼镜后面扫过来，观察力精确无误。

"他们已经下班了，而且明天是公众假期，要到后天才会开门营业。"昆沮丧地说。想到还要在白马镇枯等两夜，然后再驱车四百公里去麦迪逊，维修所需时间尚且不明，昆顿时觉得心烦意乱，没了主意。

"公众假期？真是哦，我差点忘了，你这一说倒是提醒了我，明天是夏日节。"红袍老汉说，"既然如此，索性你就在白马镇住两天吧。夏日节时镇外的河边会有集市和表演。"

"我有兴趣，可是恐怕我没法参加，我要继续赶路。"昆婉拒了这个提议。

"年轻人，你看上去好像心事重重，你在担心什么事情吗？"红袍老汉合上书，手指漫不经心地在硬皮书封上敲着。

"我必须尽快赶到哈利法克斯。"于是昆把赤龙和他的计划一股脑倾盘道出，"我的计划是尽快赶到那里放生。"

"唔，这个听起来倒是蛮有意思。我能看看那个幸运的家伙吗？"红袍老汉放下书，饶有兴趣地打量着昆，好像第一次看到他。

昆小心翼翼地打开冷藏箱，他和老汉的脸几乎同时出现在箱口。老汉好奇地望着蛰伏在冰块下的龙虾："曾经有个家伙也像你这样提着冷藏柜护送宝贝经过这里。"

"也是只龙虾？"

"不是，那家伙运的是一颗新鲜心脏，大概是准备器官移植用的。他也是这样放在冰堆里冷藏，那个心脏还在跳动，我亲眼看到的。"

昆有些惊讶，他的确知道可以用医用冷藏设备携带运输人体器官，但他敢肯定不会有人拎着一颗鲜活的心脏穿州跨境。

"没什么值得大惊小怪的。如果你在白马镇住上几年，什么南来北往的有趣事情都会看到。"红袍老汉像是看出来昆的怀疑。

"对了，真有趣，那家伙也是自己开车横穿加拿大的，不过他是从哈利法克斯到温哥华。喏，瞧见没有，那张漂亮的贴纸就是他留在这儿的。"老汉指着墙上的软木板，那里有张大头针钉着的汽车防撞杆贴纸。红色的贴纸上写着"我爱哈利法克斯"几个白色的字，那个"爱"字是个心的形状。

"唔，这真是个漂亮的家伙。"老汉俯下身体看着龙虾，随后轻轻对龙虾吹了几口气，不知道是在为赤龙催眠还是试探它是否活着。昆惊讶地看着他的举动。老汉站起身示意昆把箱子关上，他双手来回摩挲着双颊的白色短须，似乎在盘算着什么。

过了一会儿他对昆说："我倒是有个想法。来，你跟我来。"老汉站起身，向书店后方径直走去。

昆不明就里，只好跟着他走出书店侧门来到后院。他们穿过后院，老汉打开车库的门，昆跟着他走进车库。宽大而空荡的车库中停放着一辆披着白色蒙布的车，一缕光线穿过车库天窗投在蒙布上。

红袍老汉站在车子前，用力一把扯开蒙布，车库里瞬间扬起一阵灰尘，昆打了个喷嚏，他眯起眼用力驱散眼前的扬尘。

"看看这个宝贝。"红袍老汉大声宣布。

昆睁开眼，细尘弥漫的光线中，车库中央停放着一辆经典款式的大众T2露营车。在基斯兰诺，昆见过不少这种老式野营车，大众车厂生产的这种招牌旅行车一度是嬉皮运动的标志符号，面包形可爱浑圆的车型，载物、野营、旅行都很方便，相当招人喜爱。

眼前的这辆车显然保养得极好，深红色金属漆的车身配白色车顶，轮毂、前后防撞杆、左右后镜和各处金属部件擦得锃亮，简直像是刚从生产线开下来的新车。

"哇，这辆车真够酷的！"昆由衷地赞叹道。他以前见过的T2大多数已经比较陈旧，而面前这部车却好像是台刚下线的新车，崭新的喷漆和内饰，看上去到处发光，神气十足。

"这辆T2是1973年版的，我曾经改装过两次，第一次是座椅和收音机，第二次是引擎。轮胎是去年换的。"红袍老汉点上一根烟欣赏着红彤彤的野营车，脸上和声音中毫不掩饰地带着骄傲，"你不用担心它的发动机，这家伙的心脏比你还年轻。"老汉双手抱在胸前，"如果你愿意的话，这辆车我愿意割爱转让给你。"老汉庄重地宣布，像是宣布准备嫁女的老爸，"去年有个蒙特利尔的收藏家想要这台车，他出价五万块，但是我回绝了他。你看起来像是个不错的家伙，如果你有兴趣，我可以同意以这个价格转让给你。"

这个价格几乎赶上昆所驾驶的新款奔驰车。

"您的这辆车子绝对值这个价，可是我没有这么多钱。"昆坦白地说。说实话他的确喜欢这辆车，这款经典的大众野营车一直是他心仪的款式，刚才他一睁开眼看到它，心就开始狂跳起来。光线暗淡的车库中，蒙布揭开的那一瞬间，暗红色的车身让整个车库都亮了起来。

"这个问题不大。你要是愿意，可以拿那辆奔驰车作交换。"红袍老汉不急不忙地建议道。听到这个建议，昆心中一动，他很愿意做这个交换，在他看来，面前这部老式野营车远比自己的新款奔驰车有趣得多。

"你介意我试试吗？"昆没有马上答应。

"当然，随便你。"红袍老汉把钥匙交给昆，然后随手打开了面向马路的车库门。

昆打开车门坐进驾驶室，淡白色的皮椅和宽阔的车厢让他突然有种熟悉的感觉，好像他认识这部车。他对手动挡车子不陌生，早年学车时他学的就是手动挡汽车。

昆把车子倒出车库开到了街上，车子出乎意料地相当轻便易驾。车子内部的隔音效果虽然不比奔驰车，内饰也不那么时尚，可这部车给他的感受与奔驰车迥然不同。刚一钻进这辆野营车里，昆便觉着像是进了自己家门。昆把车开回车库，他开门跳下车，把奔驰车的钥匙递给老汉。

"成交！我只有一个额外要求。"昆说。"说吧。"红袍老汉吸了一口烟。"单车和露营帐篷我想一起带走。"昆指了指车库角落里堆放的物品，"还有那张蒙布。"

老汉点点头。"可以。我还会另外送给你一个野营煤气灶。"老汉和昆握手成交，"自我介绍下，我叫萨姆。"

昆紧紧握住他的手说："我是昆。"

"幸会朋友。我有个问题，你想不想把那副眼罩卖给我？这几年一到夏天，阳光越来越强烈，我都快看不清路了。"萨姆指了指昆的头顶。昆突然想起来那副泳镜还顶在他头上，像是被人发现了隐私，他一把把泳镜扯下来塞进了口袋。"抱歉，这是一个私人礼物，我不打算转让。"昆解释道。

在白马镇的那天晚上，昆就住在书店老板萨姆的家里。萨姆的女朋友安妮做了晚餐，昆从来没有吃过比那个更好的素食。

就像昆所猜测的，萨姆果然是个嬉皮（他的多年同居女友安妮也是一样）。在尼尔杨、印度西塔琴和龙舌兰酒的陪伴下，他们三人聊兴大发，天南海北地从寒山的诗歌、庄子、印度哲学一直聊到迷幻剂和风水。萨姆还热情邀请昆一同鉴赏了他珍藏的宴客级别的墨西哥草药。

换了座驾，还认识了一个好玩的忘年交，看起来荒凉到鸟不拉屎的白马镇给昆留下了特殊的美好印象。他告诉安妮和萨姆，他还要回到这里。

离开白马镇的时候，昆后备厢里除了野营帐篷，还多了一张单人防潮露营垫子和一个便携式煤气灶。野营车车厢后面挂着一辆单车，车顶上甚至多了一条白色单人皮划艇。

萨姆找了一串檀木念珠和象鼻神甘乃什的挂坠，帮昆挂在野营车后视镜上。他说那都是他从亚洲收集的宝贝，萨姆一边仔细系好那些丁零当啷的宝贝物件，一边口中不停地念念有词。

"伙计相信我，这辆车和甘乃什肯定会给你带来好运。"萨姆郑重地对昆说。他挺着沉实的大肚子给了昆一个紧紧的拥抱。

"一路平安！"车子开出很远，昆听到萨姆在车后面大声喊道。

第六章

缓慢的疾速河和失败的辩论

就这样，甘乃什和"T兔"（这是昆给那辆露营车起的名字，他觉得这个名字和这部车子非常相称）加入了昆和赤龙的旅程，他们四个轻快地继续向东旅行。

离开白马镇后，昆心里开始反复出现一种隐约的感觉，这次旅行进行到这里，他好像开始进入另一种状态，他内心有种莫名的畅快和兴奋。不知道是昨晚萨姆的墨西哥植物、"T兔"野营车还是那种延续不断的一路前进的感受，总而言之，昆觉得自己心中有种显而易见的畅快感。

几天前他离开温哥华的时候，感受像是《肖申克的救赎》中逃出了牢狱囚禁的安迪，越往东走他越觉得自由。昆这么想着，拧开车载收音机，车里响起了播客广播，一个英国口音的女声绘声绘色地念诵着《爱丽丝漫游奇境》："爱丽丝还来不及收住脚步，便突然发现自己已经坠落于似乎深不见底的一口枯井里。要不是那枯井非常深邃，便是她的下坠速度非常缓慢，以致她在坠落过程中还能有充裕的时间环顾四周，同时还担心起接下来会发生什么事情。起初，她试图往下看，想要弄清楚她会遇见什么，但是洞里太黑，什么也看不见。然后，她打量井壁四周，发现井壁上尽是橱柜和书架。有时，又看见，这里那里的挂物钉上，悬挂着地图和图画。当她身子下坠，经过一个橱柜时，她伸手从里面取出了一个罐子，罐子上的标签写着'橙子酸果酱'，可是让她感到好失望的是，罐子里头都空了。她不想扔掉空罐子，因为她怕罐子掉下去，会砸死下面的人，所以当她继续下坠经过另一个橱柜时，勉强把空罐子放了进去。"

就是这种奇异的悬空感，此刻昆的感受就像那个在似乎没有尽头的兔子洞中持续坠落的爱丽丝。

昆觉得自己现在所经历的一切正带有某种类似的轻快感和幽默感。他一边开车一边莫名其妙地放肆大笑起来，用力按着车喇叭。一辆银色的集装箱货车超车经过他，货车跟着"T兔"，喇叭低沉响亮，像是加入了公路上的一场狂欢。

接近中午的时候，昆来到了萨省和曼省的交界部分。昆把车子停靠在一处河岸旁，不知是不是午后的原因，他开始有点担心赤龙的情况。

从温哥华出发已经有好几天了，虽然一路上冷藏箱保温保湿的状态基本得到了保障，没有遇到困难，但是昆毕竟没有携带海洋生物进行长途旅行的经验，他有点不确定。

昆打开冷藏箱，添加了些后备厢里事先储备好的冰块。赤龙一动不动地继续蛰伏在冰块下方，好像熟睡的婴儿，又像是冰封在冻土中的史前动物化石。

昆想到那个化鲸的故事。在一个雨夜，一群渔夫在海滩边看到一只白色的大鱼，他们想把它杀死，但是投出的鱼叉却无法在那条鱼身上留下半点痕迹。昆暗自祈祷，希望赤龙就是那只死不了的化鲸。

看到阳光猛烈，昆把车子开进一片北美短叶松树的树荫中。他走到河边把衬衫脱下，在河水中浸泡着。虽然这条河的名字叫作疾速河，河水流速看上去却非常缓慢。昆试着把双脚浸泡在河水中，清凉的河水顿时消除了长途旅行带来的肿胀和疲惫。他把湿衬衫铺在河边的岩石上晾晒，自己半裸上身躺在河边休息。

毫无遮掩的天空中没有一丝云彩，耀眼的阳光毫无保留地倾泻在大地上。昆摸出背包里的那副金红色反光镜面游泳镜戴上，外面刺眼的世界变成了他熟悉的灰蓝色，像是从单色监控镜头中看到的那种颜色，世界变得像果冻一样清凉而安全。在一片灰蓝色中，昆的眼皮不由自主变得沉重起来，伴随着耳边的水流声，他睡着了。

刚刚打了个盹，昆突然听到不远处的树林里传出树枝断裂的噼啪声。他慌忙睁开眼睛抬头张望，居然看到一头体形硕大的棕熊正趴在野营车上，把它巨大的脑袋伸进车里不断地探寻着。昆想起他刚才大意，忘记了关上车门。如果棕熊打开冷藏箱……昆脑海中出现了一只棕熊手捧龙虾，张开大口的恐怖场面。

他急忙站起身，用力挥舞着双手试图引起棕熊的注意。果然，听到他的喊叫声，棕熊从车子里抽回了身体，它站在车边掉转身体惊愕地望着昆。虽然四脚着地，棕熊的个头看上去仍然跟昆差不多高。一望而知，它浑圆肥硕的棕褐色身躯可以轻易撞翻那辆大众露营车。

看到棕熊从车子里出来，昆停止了喊叫。他紧张地考虑着下一步该做些什么，无论如何，他不能让棕熊再回到车上。昆的双手在身上摸索着，然而裤袋里却什么也没有。棕熊仍然在"T兔"边好奇地瞪着昆，它或许从来没有见过长着金红色眼睛的游客，它低下头在地上嗅着，然后掉头再次钻进车里。

除了小时候听过的装死的办法，昆想不起来任何野外遭遇棕熊的行动指南，显然装死现在不是个好选项。情急之下昆按照对付郊狼的那套办法，挥舞着手臂大喊着向车子跑过去。

棕熊调转身体，看到高声吼叫冲向自己的昆，它犹豫了一下，转身退到车子一旁的灌木丛中。昆看到它在灌木丛后低垂着巨大的脑袋左右摇晃着，看上去并不想离开。

昆趁机迅速伸手拉上车门，然后飞快地跳进驾驶室，用难以置信的速度发动了汽车，猛踩油门，疾速转动方向盘，快速冲出了树林。他从后视镜中，看到棕熊好像如梦初醒，奔跑在车后大步追逐着"T兔"。

它巨大的手掌朝车后拍去，一把抓住挂在车后的单车，昆猛按喇叭同时用力踩下油门，"T兔"猛然抖动了一下减速后再加速向前冲去。从后视镜里昆看到那辆单车掉在地上弹起来，把那只壮硕的棕熊突然绊倒，它翻了一个跟头，然后踩在摔得变形的单车上，呆呆地望着远去的"T兔"。

望着不知所措的棕熊，刚逃离危险的昆歇斯底里地大笑着，兴奋地不停拍打着喇叭，"T兔"咆哮着一路向前，他几乎忘了自己半裸身体的狼狈样子。

跨越邻省边境不久天空便开始下起雨来，暴雨来得迅疾而凶猛，"T兔"的雨刮拼命地摇摆着，昆眼前的公路很快变成一片汪洋。一辆货车高速疾驶而过，溅起的水花和雨雾向"T兔"飞溅而来。眼见暴雨没有停歇的迹象，昆把车开进高速公路边的一处加油和就餐区休息，他想等雨缓一些再继续前进，顺便为赤龙更换一些冰块。

商业区有七八家商店和餐厅，昆把车子停在一个烘焙店门口。烘焙店有镀镍的圆锥形屋顶和圆形铝框窗户，像是个20世纪50年代的未来主义建筑，面包糕点的香味让屋里显得很温暖。

屋里只有一位顾客,那个戴着帽子的女子背对着昆坐在窗边的位置看书。昆要了一杯咖啡和麦芬包,他拎着冷藏箱经过那个女子身边时,眼光猛然被女子右手臂的一个文身图案所吸引,那位女子的白色衬衫袖口下,露出一截火焰的文身。

不知为什么,昆突然想起了公路边那张寻人启事口述的失踪女子特征。他在女子斜对面坐下,偷偷打量着她。她戴着宽边帽正聚精会神地读着手中一本棕色硬皮书。昆看不到她的面孔,但是他看到几绺红色的卷发从帽子一边垂在她的胸前。

昆喝着咖啡静静等着,过了几分钟女子转过脸,这时她终于注意到坐在斜对面的昆。她望了昆一眼,虽然只是短暂交换了一下目光,昆觉得他绝对可以确信面前的这个人就是寻人启事上的那位女子。只是她看上去衣着整洁,面容平静,既不像一个迷失者,也不像是个急需帮助的流浪者。

昆喝完咖啡,鼓起勇气走了过去。他扶着女子对面的椅背:"嗨,你好,我可以坐在这里吗?"

女子金黄色的眼睛凝视着昆,目光里带着一丝疑虑,她点点头伸手示意请他坐下。她伸出右手的一刹那,一条卷曲的红色龙喷着火从衬衫下探出半截躯体。

"我猜我知道你是谁,你是不是莱斯莉?莱斯莉·约翰逊?"昆试探着问。

"不是。"女子有点诧异地看了他一眼，坚定地摇摇头，"抱歉！你认错人了。"

"是吗？"昆有点不知所措，他绝对相信面前这个女子就是莱斯莉。他停顿了几秒，说："我从西部过来，在路上我见过你的照片，在一张寻人启事上。"

"不，我不是莱斯莉，我就住在这附近。"女子右手端起咖啡杯，那条龙完整地出现在昆眼前。

"抱歉，或许我弄错了，那张寻人启事上的人跟你长得很像，而且也有一条这样的龙文身。"昆指着那条龙说。

"我想你弄错了。"女子迅速放下手臂，那条龙重新钻回了她袖口中，"那是只不死鸟。"昆觉得很疑惑，他尴尬地站起身准备离开。"真抱歉，不好意思打扰了，我还以为我找到了那个失踪的人。"

"没关系，你请坐吧。"女子摘掉帽子，一头红发抖动着扑落在双肩上，像从帽子中钻出了很多舞动的细小红蛇，她指着对面的座位眼光坚定。

昆只好再次坐下。女子望着他说："你为什么想要知道？"

昆不明白："想知道什么？"

"我是不是你说的那张寻人启事上的人。"

"哦，没什么，我只是想确认下而已。如果你需要什么帮助，比如想回家或者其他什么需要帮忙的，我会很乐意帮忙。"

"流浪者并不一定都是迷失的人。"红发女子耸了耸肩说。她看着昆身边的冷藏箱努了努嘴:"你看上去不像去露营的。"

"当然不是。"昆摇摇头,向她解释了自己正在进行的旅行。红发女子静静地听昆讲完他的旅行计划,笑了笑,继续翻着手中的那本书。昆以为她对这个话题没有兴趣,她忽然合上书问:"龙虾在沸腾的锅里会感到痛苦吗?"

"这我倒不知道。"昆对自然科学,包括生物学,一向不太感兴趣。

"勒内·笛卡尔说认识理智的生灵,与上帝的思想相连,而动物只是肉身的机器。他说动物没有意识,所以不会感到痛苦。"女子端起咖啡杯若有所思地说。

"肯定不是这样,连学校的动物实验都要求先麻醉或安乐死才能动刀。"昆引用着他高中时代的生物课经验抗议道。

"麻醉作用的原理是通往大脑的神经被暂时封闭,所以疼痛认知无法有效形成,前提是有一个起决定作用的大脑。但按照通常的观点,作为无脊椎动物的龙虾和螃蟹一样,都没有像人那样的大脑,所以它们不会有痛苦的感受。"女子把手放在那本书上,像是在引用某个权威的内容。她的手盖住了书上的字,昆没有看清楚那本书的名字。

"难道你没有见过被人捕捉时那些逃命的螃蟹？"昆想起手指被蟹钳切出的伤痕。

"当然见过，那只不过是生物遇到外界刺激时的避害反射。"女子微笑着耸耸肩说，"即使是单细胞生物遇到有害刺激也会有同样的反应，可它们连神经都没有，根本不可能感受疼痛。"

女子在生物方面的知识和昆显然不在同一个层面上，昆觉着自己已经词穷，但他还是极力争辩道："那又如何？我们怎么能够证明它们没有痛苦？毕竟它们的感受我们无法知道。"

"疼痛是一种内在感受，必须有神经系统作为基础，也就是说必须有大脑的参与，所以，被放在沸水锅里煮的龙虾是不会感到疼痛的。"女子的语气听起来冷静而不容置疑。

"可是你还是不能说服我，一只毛毛虫遇到危险拼命逃避不是一种痛苦的表现。"昆摇摇头拒绝接受她的观点。

女子不置可否地笑了笑说："逃避不一定就是痛苦。很多时候那只是一种惯性。那只毛毛虫在外界刺激下的表现只是一种无意识的反射，那是一种生物进化的特征。那个提醒它逃命的事件或许发生在几百万年前的任意一天的下午两点。"她刚说完，墙上的挂钟就响了起来，两人不约而同地望过去，时间恰好是下午两点。女子哑然失笑。

看到雨已经停了，昆告别了那个女子准备继续上路。

车子经过烘焙店的时候，昆在后视镜中看到她仍旧在窗前，她一动不动地坐在那里望着昆，嘴角带着一丝古怪的微笑。

她看上去就像寻人启事的那张照片上一样，脸上挂着忧郁的神情，阴郁的天色中她的金色双眼似乎是窗另一侧的唯一色彩。

后视镜中苍白的面孔变得模糊，继而消失，昆重新回到了向东的路上。"你无法解救一个不需要解救的人。"昆开着车，脑子里突然出现了这样一句话。

进入邻省后，天气开始放晴，很快阳光重新覆盖了公路。一路的风光几乎没有变化，仍然是一望无际的农田和平原地带。

昆开着车昏昏欲睡，他马不停蹄地向东驶去，好像一个参加马拉松竞赛的选手。过了几个小时，太阳沉沉地跌落在平原天际线处，他打开车窗，发现刚才面颊边的热风不知什么时候已经凉了下来。

第七章

渡过怀疑的河

　　浓雾吞噬公路的速度快得惊人。昆眼看着面前的公路只剩下短短数十米，他开始觉得有点恐惧，按照他的行车速度，如果前方有车的话，他无论如何无法保持安全的车距。

　　浓雾像是被一只无形的鼓风机吹动着继续四下蔓延。昆瞅准一个空当赶紧把车子开到高速公路一侧的紧急停车道，看到雾移动得这么快，他想等雾散去再继续前进。

　　很快雾气包围了他的车子，潮湿阴冷的雾气从车窗外扑进车里。他闻到空气里似乎有一股浓重的腥味，像是土地被翻起散发的那种土腥味。

　　一个穿着灰色套头衫的人从车前方的浓雾中走出来，双手吃力地提着一个很大的箱子。他身上的灰色套头衫让他看起来几乎是从同样灰蒙蒙的雾里浮现出来的。

　　昆惊讶地看着那个人冲着车子走过来，他没有料想到居然会有人正在高速公路边，他暗自庆幸刚才转到紧急停车道没有撞到对方。

那人走到车前摘下套头衫的帽子。昆终于看清了他的模样，这是一个嚼着口香糖的中年汉子。"可不可以捎我一段路程？"男子问。

出于直觉昆没有马上答应，这样的天气里不期遭遇的这个陌生人让他有点犹豫，他可不想惹上不必要的麻烦。

"你去哪里？"昆问。

"弃桥。"

"弃桥？哦，对不起，我不知道是否顺路，我是去麦维尔镇。"昆举棋不定。

"顺路，弃桥就在去麦维尔的路上，很近。"对方拎起放在地上的那个沉重的箱子，好像准备把箱子抬上车。

听他这么说，昆只好捎他一程。他下车想帮对方把箱子抬上车，男子一抬手阻止了他："不用了，我自己来。"他把冷藏箱推向车厢一侧，看到他动作很大，昆赶紧提醒他："当心！"

男子吃力地把箱子塞进后车厢，昆注意到有些透明塑料膜从拉链缝隙中夹带出来。"箱子里装的是什么这么重？"昆好奇地问。"工具，一些工具。"男子言简意赅地答道，说完迅速关上车门。

雾气逐渐散去，昆把车子重新开回公路上。"你对这里不熟？"套头衫汉子随口问道。"还好，我只是没听说过弃桥这个地方。"昆搪塞道。他下意识地不想让对方知道自己太多的情况，不知为何，这个男子让他觉得有点紧张。

"弃桥是去麦维尔的一条近路，从那里走能省二十多公里路，如果你不熟我来给你带路。"男子瞥了一眼仪表盘，继续嚼着口香糖，"要不然以你的油量肯定到不了麦维尔。"

昆这才注意到油量已经所剩无几。

"这里和麦维尔镇没有加油站吗？"他的语调里带着绝望。

"没有。"对方肯定地回答，毫不在意地嚼着口香糖盯着窗外。

"弃桥镇也没有？"

"镇？弃桥可不是什么镇，那只是一座废弃的桥。"男子说。"那你……"昆觉得有点后悔让对方上车。"我有些东西要送过去，有一个朋友在那里等我。"

对方简短的解释反而更让昆紧张，他问套头衫汉子："他住在那里？"

"嗯。"对方的手在口袋里摸索着，"再过二十分钟后有一个出口，我们从那里出去就行。"坐在副驾驶座的男子自信地说。他从口袋中掏出扁扁的便携银色酒壶猛灌了两口，把酒壶递给昆，昆闻到一股强烈的劣质威士忌味道。

"我受不了烈酒的味道。"昆摇摇头。

"喝不惯？"

"不是，小时候我爸爸因为工作常参加应酬，经常喝烈酒，他回家后身上常带着这种味儿。有次他结束了应酬一身酒气到学校参加家长会，我当时尴尬得想找个地方躲起来。"昆皱着眉头似乎又闻到了那股酒味。

"他至少还是去了，不是吗？"套头衫汉子说。"那不是应该的吗？"昆反问道。"你该自己试试那些烈酒，它能让你对你父亲多些了解。"套头衫汉子看着窗外的雾气，没有解释。昆仔细留心着前方的公路指示牌，他没有看到任何出口提示。突然间套头衫汉子指了指窗外右侧："看！就在那里。"

昆没看到出口，但是他还是急忙减速，就在车子慢下来的瞬间，雾气散开一个缺口，昆果然看到右侧路边有个出口。奇怪的是一直到车子开下了高速公路，他依然没有看到有交通指示牌提示。他担心地看了一眼油量表，情况更加不妙了。

"路口转右。"男子在一个十字路口交代说。事已至此，昆只好按照他的指示继续硬着头皮开。车子拐上一条小径，路边开始出现了丛林，浓雾重新出现，白色的雾气在树丛中徘徊，面前的这条小径看上去阴冷幽暗。

车子就这样在林间的路上兜转，男子熟练地引导着昆不断从一条路转入另一条路。雾气中，昆难以识别方向，唯有依靠男子的提示。

"行了，你就在这里放下我吧。"男子突然坐直身体，重新套上套头衫的帽子指着前面。路边没有任何标志，也没有任何房子或其他建筑，昆把车停在路边。

套头衫汉子下车取下那个箱子站在路边，指着前方对昆说："前面一直开就是弃桥，不用担心，那个桥比它看上去牢靠得多。过了桥继续开下去就到了你想去的地方了。"

那位套头衫汉子提着箱子向丛林走去。语焉不详的信息让昆更担心，但是看到对方头也不回的背影，他只好按照那个男子提供的方向继续向前开去。

开了不久，昆果然听到了水流声，随后车前方出现了一座两端竖立着石拱门的桥。石牌坊形的拱门斑驳不堪，石壁上布满了黑色的霉菌，桥面的木板有不少地方已经开裂。

昆在桥头前停下车。他下了车走上那座桥，用脚使劲踩踏着桥面。桥面上没有汽车通行的痕迹，很多地方明显已经饱受时间和自然的侵蚀。很难相信它能够承受一辆车子的重量。

桥下的溪流离桥面有十五六米的高度。昆走到桥墩边从下往上观察桥面的支撑结构，他发现桥面下部的承重结构也是木质的，和桥面情况一样，侵蚀痕迹随处可见。

从油量来看，在此处如果掉头向回走早已不是一个选项，又累又饿的昆呆立在"T兔"前，面对着那座废桥不知所措，桥下迅疾的溪流发出轰鸣的水声。

从出发开始到了这里，昆第一次感到有些气馁。他有些后悔这趟行程，或许他应该多花一点时间做计划，或许他应该找一个同伴一起上路，或许他根本不该开始这次旅行……他脑海中各种念头缠绕着，面前不过二十米长的桥似乎变成了他行程的终结点。

他很后悔在路上捎上那个陌生人，如果他继续留在高速公路上，最少他还能够指望过路车辆搭救，而现在他却身陷一个前不着村后不着店的荒郊野岭，进退无路。

他看着后车厢里的冷藏箱，越发觉得自己的旅行肯定是一时冲动，即便是在边境检查局的时候他都没有这种沮丧的感觉。他坐在驾驶座上面对桥头，就这么一直呆坐着，任凭时间一点点过去。

他突然发现那个搭车男子的酒壶还留在副驾驶座位上，就拿起那个扁扁的银色酒壶拧开闻了闻，一股浓烈的酒味扑鼻而来。他冲动地喝了一口，液体像是火一样燃烧着他的喉咙，随后火焰落下点燃了他的五脏六腑。

昆睁大眼睛用力吐气，想把那股滚烫的热力呼出来。他卡住喉咙用力咳嗽，那股大火却燃烧得更加凶猛。昆挣扎着打开冷藏箱掏出几块冰块塞进嘴里，热力不但没有减少反而变得更加强烈。

他绝望地伏在车上，不断用头撞击着方向盘，在那一刻他确信自己一定会死在这个荒郊野岭上。火焰从五脏扩散到了四肢，他的双手开始失去知觉，然后是双脚，热力向头部和身体下方同时扩展，像是他体内有个隐藏的动物疯狂地试图从他身体里挣脱。

这股冲动的力量越来越明显，那些向下冲行的火焰燃烧着他的下半身，而向上的那股热量用力撬动着他的头顶。虽然痛苦无比，但是此时的昆却非常清醒，这并不是酒醉的感觉，而是一种前所未有的感受，他像是一步步看着自己的身体被一股内在的力量猛然撑裂，那个内在的东西正试图从他头顶处钻出来。

昆看到车后边、周围以及对岸的丛林都化成了熊熊燃烧的野火，面前的河水变成了缓慢流淌的熔岩，那座锈迹斑斑的废桥是火光中唯一的通道。此时的昆早已忘掉了疑虑和担心，他迅速发动汽车向那座桥开过去。

车开到桥面上，昆觉得整座桥烫得似乎要熔化了，他甚至能够感觉到野营车和身旁的冷藏箱开始熔化变形，从他身体内部到周围的整个世界都变成了火海。甘乃什雕像被热力推动，象鼻神的双耳向后飘舞着，像是在飞着。

昆努力把住方向盘，把残存的注意力聚焦到面前这条通道上，他下意识地知道这是他唯一的出路。那座几十米不到的桥似乎用尽了他一生的时间。车子穿过了对岸的拱门，昆长松一口气，像是逃过了一劫。

车子驶过对面桥头的瞬间，他头顶似乎破裂开来，一股巨大的力量骤然而出，随着这股力量的逃脱，昆身体内最后的一丝力气也随之而去，他昏倒在驾驶座上。

清凉的雨滴从窗口飘入落在昆脸上，他猛然睁开眼睛，听到湍急的水流声，他探出头回望着，看到那座废桥矗立在身后不远的地方。

第八章
火车镇

傍晚前，一个小镇终于出现在公路前方的视野中。筋疲力尽的昆把"T兔"驶进公路南侧的小镇。路边的信息牌画着一列蒸汽火车，牌子上写着"欢迎来到麦维尔镇，蒸汽机车之家"。

小镇的确名副其实，昆果然经过了好几条横穿镇上的铁路。他把车子停靠在主街后巷的一处空地上，他刚熄火就听到有人敲打副驾驶一侧的车窗，昆把车窗摇下来，居然看到一个亚洲面孔的男子站在"T兔"边，这可着实让他有些意外。

"朋友，麻烦你把车子挪一个车位，我要卸货。"

"好的，不好意思。"昆重新发动了汽车，听那个人的口音，他猜对方也是中国人，便试探着主动用中文回应道。把车子移开重新停好，昆下车。那位男子把一辆白色厢式货车倒车停在后门口的位置，车身上写着"Halfway Hunan

Restaurant"（半路湘菜馆）。昆这下明白过来，原来他无意中把车子停在了一个中餐厅的后院车场。

那个华人男子跳下车冲昆招手示意。"已经到家门口了，进来一起喝杯茶吧。"男子的普通话听起来带着一些潮州口音，"你好，我叫陆安。"

"幸会，我是昆。"口干舌燥的昆喜出望外，他正打算给赤龙添加冰块。昆提着冷藏箱跟男子从后门走进了那家餐厅，陆安招呼伙计卸货。

当时是晚餐时间，餐厅里只是零散地坐着两桌顾客，头戴棒球帽的白人壮汉和他的女友，还有一对白发苍苍的夫妻。陆安把昆引到窗边一个暗绿色皮椅卡座，就像一个旧式火车座位。

陆安递给昆一张过塑的菜单："菜单你先看看，如果这上面没合你胃口的，想吃什么只管告诉我，我叫厨房给你做，菜单上这些是给老外吃的东西。"陆安笑了笑，转身走进了厨房。

昆把菜单翻来掉去看了几遍，的确没有什么能特别勾起食欲的东西。陆安说的是实话，菜单上的蛋炒饭、咕咾肉和炒杂碎等都是标准的美式中餐，也是昆最憎恨的那种中餐，油多糖多并且量大，卖相都刺眼。

陆安拎着一个茶壶和两个小茶杯回到桌边，在昆对面坐下，他摸出一包真空包装的乌龙茶撕开塞满了茶壶，服务员适时送过来一壶开水。陆安熟练地洗茶冲茶，把一小杯冒着热气的茶放在昆面前。

"喝茶。"昆端起杯子，茶浓香而甘甜。"我已经告诉厨房另外准备两个菜。"他把菜单从昆手里抽回来，往他面前的茶杯里续了些茶。

陆安四五十岁的样子，乌黑的头发整齐地向后梳着，皮肤白净，眼里藏着故事，似乎保养得很好，看起来不像是干惯了粗活的人，倒有点像个卸了妆的戏剧演员。他穿着一件白色衬衫，胸前口袋上绣着"H.H"两个字母，昆猜那可能是"半路湘菜"的缩写。陆安掏出一根烟点上，深深吸了一口，扬起下巴悠然吐出烟圈，烟圈徐徐散开，陆安的身体也跟着放松下来。

他沉默地凝视着昆，过了半晌才开口问道："这里不常见到从国内来的，你是出来旅行的吧？"

"嗯，我刚从萨省那边开过来。"昆说。一个年轻服务生端着两盘菜走过来，把晚餐放在桌子上，然后把菜单带走。

"小徐，帮着打些饭来。"陆安拿起筷子递给昆，并吩咐服务生。他夹了一些菜放在昆面前的盘子里。"吃吧，边吃边聊。"昆面前是一盘暗红色的腊肉木耳青菜和撒着红亮色辣椒的鸭块。"土匪鸭，厨师的家乡菜。"陆安指着菜介绍道。昆顿时眼睛一亮。

餐桌上的几道湘菜混合着猪油和辣椒，浓郁的香气引得邻桌另外几位顾客频频侧目。

"安！我们也想试试那道菜！"壮汉大声叫道。

"你肯定吗蒂姆？想要微辣还是重口味？"陆安笑着问。

"就要你面前的那种。"壮汉说。

"没问题。小徐，给他们加一份鸭块，少辣不要带骨，用鸭胸肉。"陆安吩咐服务生。

"边吃边聊。你去海洋省？"陆安问道。看到昆疑惑的表情，他只好提示说："我看到你车上的贴纸了。"昆这才想起离开书店前，萨姆把那张"我爱哈利法克斯"的黄色贴纸贴在了"T兔"的后车牌上。

"哦是的，我要去哈利法克斯。"

"先吃，饭别凉了。"陆安提醒道。昆尝了一口便惊喜地叹道："喔，太地道了！没想到在路上能吃到这么正宗的中餐！"昆胃口大开，他端起饭碗大口吃起来。虽然刚离开温哥华没几天，昆却觉得好像已经多年没吃到这么合口的饭菜了。他又添了一碗饭。陆安始终没有动面前的碗筷，只是静静地抽着烟，笑眯眯地看着昆吃饭。

"快！我要杯冰水。"旁边桌子的壮汉刚吃了一口湘菜，便忙不迭地招呼服务生，他指指那道菜又指着嘴，做出爆炸的夸张手势，表情有点滑稽。陆安低声吩咐服务生说："给他拿瓶青岛啤酒，算在我们账上。"

看到昆狼吞虎咽的速度放慢了，陆安给他添了杯茶。"在加拿大上学？"陆安眼睛很敏锐，一下便猜出来昆的身份。"是，我在温哥华，学编剧。"昆咽下塞满嘴的米饭，拿起餐巾纸抹了抹嘴。"我原来在电视台，也干过编剧。"陆安说。

"真的？"在这个陌生的火车镇能遇到同行，昆感到有些出乎意料，"在这里？"

"当然不是，是在广东的时候，上辈子的事了。"陆安好像不愿多解释，他接着问："你学电影家里支持吗？"

"他们觉得是浪费时间，但我想学，他们让我自己决定。"昆放下筷子，心满意足地回味着最后那块腊肉的余味，"我听您口音不像是湖南的。""我是潮州人。"陆安给茶壶加水，壶里茶叶塞得很满，几乎要顶出来。他用力压住壶盖，给自己和昆续茶，端起小茶杯一口吞下滚热的茶汤。"这地方两头不靠海，老外也吃不来潮州菜，只能做点适合他们口味的东西。"陆安看到了昆心里的疑问。

麦维尔几乎位于东西海岸中间，的确离海洋遥远。陆安的解释合情合理。

"想做电影……"陆安看着窗外，若有所思地自言自语道，"镇上有个电影院，是个1936年建的老剧院，是这里唯一的电影院，每天晚上七点半会放一场电影。"

窗外传来单调而有节奏的火车行驶的声音，由远到近变得越来越响亮，餐厅也跟着颤抖起来，昆看到桌上的餐具有节奏地轻微抖动着。几个街口之外，一辆货运火车的车厢正一节一节通过街口缝隙，随着车厢从街道尽头闪过，沉重的车轮轮番撞击着轨道接缝处，响亮的哐当声在镇上持续不断地回荡着，像远处传来接连不断的教堂钟声。

昆注意到餐厅里的人不约而同地放下了手中的餐具停止谈话，集体沉浸在那阵持续的钟声中。陆安沉默地夹着烟，一动不动地静静坐着。时间似乎凝固了，餐具停止了颤动。又过了一会儿，持续的钟声终于弥散在空气中，像是从暂停状态中被按下了复苏键，餐厅里的顾客继续他们的晚餐和交谈。陆安把烟灰弹在烟灰缸里。

"麦维尔这地方是个铁路枢纽？"昆想起刚才在镇子上看到的路牌上的蒸汽火车图画。

"过去是个'Railway town'（火车镇），大战的时候这里通了铁路，主要是把北方产煤区的铜矿石运到美国，打仗的时候对铜矿需求量很大，麦维尔就是那个时候发展起来的。"陆安刚说完，已经远去的火车鸣响了汽笛，远远地告别了小镇。

"不过那些都是陈年旧事，蒸汽火车的时代早就过去了，附近铜矿挖完了，仗也打完了，现在麦维尔只是个铁道旁的无名小镇。年轻人能走的很多都走了，这里剩下的大部分居民都是白人老头老太。"陆安接着问："哎对了，刚才你说要去东部旅行？"

"我从温哥华带了一只龙虾准备带到哈利法克斯放生。"昆停下等着看对方的反应。陆安看上去似乎并不觉得意外。

"那里面是龙虾？"陆安指了指桌旁的白色冷藏箱，"刚才在停车场我看到你戴着的潜水镜了。"他说。

"嗯没错。"昆不打算解释那副游泳镜。他想起了冰块的事情，说："噢对了，我还得麻烦跟你要一些冰块，冷藏箱里的冰不够了。"

"让我瞅一眼？"

"当然可以。"昆把冷藏箱拎起来递给陆安。陆安打开冷藏箱，他拨开冰块，轻轻地拿起赤龙仔细端详。看了一会儿，他皱了皱眉头把赤龙身体翻过来又看了看。"挺结实的姑娘。"

昆吃了一惊："你肯定吗？"这可是个颠覆性的消息！仿佛头戴雉鸡翎的周瑜瞬间变成了穆桂英。

"是啊，这还能有假？明摆着的啊。"陆安很肯定地说。

"你懂龙虾？它有几岁？"昆惊喜地问。

"多少知道一点，住在多伦多的时候我在一家水族馆干过一段时间。我还没专业到能看出龙虾岁数的水平，不过我估计这应该是个刚成年的姑娘。你看这身硬壳很厚实是吧，其实每只龙虾每年都要蜕壳，我见过，龙虾蜕壳的时候每片硬甲都会脱下来，再长新的。"陆安指着赤龙解释道。昆有点担心他指间的香烟戳到龙虾。

陆安稳稳地夹着烟，用指尖轻轻刮了一下龙虾的甲壳，接着说道："这姑娘腰板挺结实，条件不错，但看起来有点蔫，估计缺氧，看看，这箱子里还有呕吐的残余。你得想办法让它尽快调整一下，要不然它恐怕撑不到哈利法克斯。"

"怎么调整，在这个镇上？"听了陆安的话，昆心里一沉，他怀疑在这个小镇找不到宠物医院。

"不用出门找，放在我这里就行。我帮你调理调理，有现成的疗养院。"陆安指着门旁边的一口玻璃海鲜缸笑道。昆有些犹豫："我在路上已经好几天了，再耽搁它会不会有危险？"

"欲速则不达，不调整好这么继续赶路风险更大。"看到昆有些犹豫，陆安安慰道："放心吧，这是我的本行，你尽管把它交给我好了。你也歇歇脚再接着走，相信我，保证不耽误你赶路。"

第九章
马蹄状的湖

半途湘菜馆的晚餐吃完了，天已经黑了。在陆安的指点下，昆到火车小镇主街路角的麦维尔旅馆住下。

麦维尔旅馆看起来是这个镇上最大的建筑，看上去有几十间客房的样子。昆本来以为这座老旅馆已经关门歇业了，因为整个建筑看上去漆黑一片，只有旅馆门房的小窗口透出灯光，窗户上挂着营业的红灯标志。昆估计他是当晚唯一的住客。

陈旧的旅馆房间里有种老房子特有的霉味，没有电视，水也不够热。昆把行李放下，坐在寂静无声的房间里不知道该做些什么。突然他想起陆安说起过的那个老电影院，便拉开窗帘张望着外面的街道，果然就在不远处看到了一座电影院。

昆走出旅馆朝电影院走去。那是一座老式单屏幕电影院，门口广告牌框上明黄色的排灯滚动着轮番亮起，在夜晚看起来像镇上唯一活动着的东西。一个穿粉红色套装的金发女孩坐在玻璃票房里，微笑着递给昆一副三维眼镜和零钱。

"欢迎来到好莱坞明星影院，祝您观影愉快。"金色短发女孩的声音和笑容一样甜美。

昆走进放映厅的时候，七点半的电影已经开始了。电影院放映的是一部讲述太空探险的影片。黑暗中昆看到影院里稀稀拉拉坐着七八位观众，他随便找了个空位坐下。

电影是一部著名太空探险影片的续集，讲述了一群太空旅客在前往某外星球目的地的途中遭遇意外袭击。可惜不断切换的特写镜头和高亢的音乐音效并没有抓住昆的胃口，故事开场没多久，昆就在陈腐的对白和枯燥的情节中昏昏欲睡。

他百无聊赖地摘下三维眼镜，从口袋里掏出自己的红色泳镜戴上，屏幕上的一切看起来突然变得有趣了很多。

按照陆安的建议，昆驾车离开了麦维尔，前往附近的鲁比湖，英文中鲁比是红宝石的意思。陆安建议他去那里看看，他说那是火车镇附近最主要，也是唯一的风景地。一路向东不停歇地走了这么多天，昆觉得需要休整的不仅是赤龙，他自己也有点疲惫。

鲁比湖在北部，一路畅通无阻，没花多长时间昆就到了那座湖边。日光下，一阵微风吹来，湖水闪动着粼粼波光，鲁比湖看起来恬静而从容。湖面一望无际，让人难以相信这是巨大平原上的一个淡水湖。

昆把"T兔"停在湖边，顺着车子一侧的金属梯子爬上车顶，他终于找到机会让一直捆绑在车顶的单人皮划艇有了用武之地。天气温暖晴好，正适合下水，昆换好衣服把皮划艇推入湖中，然后踩水坐进艇里划离岸边。

小艇在澄净的湖水中顺畅地一路前进，船桨溅起的水花偶尔落在昆身上。湖水很暖，完全不像温哥华周边的冰川湖那样彻骨寒冷。

离开岸边很远后，昆还可以清楚地看到暗红色的水底，澄亮透明的湖底长满了浓密的水草，随着水流摇摆着，像随风飘动的长发，水草的空隙中流连着成群的半透明小鱼。昆放下船桨，任由皮划艇漂荡在湖面上。

他回想着这几天的旅行。离开温哥华刚刚启程的时候，他的心情似乎很急迫，迫不及待地希望尽快赶到大西洋岸边，完成这次旅行。然而现在旅程走了一半，他却似乎没有了那种急切的心情，倒不是他不想把赤龙尽快送回家，而是他仿佛不像刚上路那会儿，时刻在意旅程的进展和时间。

加拿大中部平原地区宽广无边，经常在驾车的几个小时里，景观看起来都一成不变，在这样一个时间似乎不那么重要的地方，或许更容易让人失去对时间的执念。

湖面荡起微风，不知是蜜蜂还是苍蝇，始终嗡嗡地在昆耳边飞舞着，在他脑后拍击着翅膀。他拿起船桨继续向湖水中央划去。

从湖中央向环湖的岸边远眺，昆发现鲁比湖原来是马蹄形状，他想象着从空中俯瞰这座湖会不会像是一个印在平原上的马蹄印。

在湖中央他看到了从出发地无法看到的另一个岸边。被太阳晒得浑身发热，昆索性脱了上衣赤裸着臂膀在湖上荡舟。他戴上金红色游泳镜，周围起伏的丘陵和环绕的湖泊变成了灰蓝色，昆像是回到了他所熟悉的房间中。

他从裤子口袋中掏出一根发带把头发箍起来——出门这几天他的头发似乎长得飞快。正当他惬意享受着阳光和湖水时，昆突然听到岸边传来忽远忽近的歌声。他抬头张望着，却什么也没有看到，然而他确信自己没有听错，歌声确实是从对岸传来的，并不是从他推船下水的那一侧。

昆好奇地向歌声传来的方向划去。那是一个男子高亢而略显苍老的声音，歌声时断时续，语句间有时有很长的停顿，不知是唱歌的人忘记了自己在歌唱，或者在休息，还是风声吹散了歌声。皮划艇向岸边划去，岸上的歌声变得越来越清晰，小艇刚一触底靠岸，岸上的歌声就突然停了下来。

昆拖着皮划艇走上岸，四处寻找唱歌的人。几分钟后，他听到了细碎的铃铛声，一位男子骑着一匹灰白色骏马从岸边的灌木丛后走出来。他身穿印第安服饰，像是准备参加一个盛会。那匹体形高大的白马长着灰蓝色的眼睛和白色的睫毛，光滑的背上架着精致的马鞍，马儿缓缓朝着昆的方向走过来。

昆惊奇地看着那个男子。他身材厚实得像堵墙，虽然面孔很宽，但长鼻子仍然显得大得有点不合比例。他头戴插满黑白双色长长鸟羽的头饰，头饰左右两边各装饰着粗长的黑色弯角，像是水牛或野牛的犄角。

那位印第安人的面孔涂成黑白两色，手里攥着一根手臂长短的短杖，看起来像根权杖或者某种魔杖。短杖头上有只怒目圆睁的白头鹰头，杖身刻满了凹凸不平的图纹。

男子身穿挂满各种精美饰物的传统印第安服装，脖子上戴着无数串各种动物的骨饰，昆只认识其中一长串是鹰喙，其他的还有各种灰黑色利爪以及色彩斑斓的鸟类羽毛。

骑在马背上的男子威严挺拔，他打量着站在岸边赤裸上身的昆。两人一声不吭互相打量着。一个身着节日盛装脸上涂着浓妆，另一个头发湿漉身体半裸，戴着一副昆虫复眼形状的金红色镜面泳镜，很难说他们两人哪一个看起来更奇特。

"老天爷，今年舞集聚会最佳着装奖肯定非你莫属。"男子终于出声了，他的声音低沉而充满了威严，脸上没有笑容。昆低头看了看自己，咧嘴笑起来，他猜对方是在开玩笑。

"舞集聚会？"昆没听过这个词，他觉得挺新鲜，"什么是舞集？"

"一年一次的庆祝祈祷大会，唱歌，跳舞。所有部落都会参加。怎么，你没听说过舞集？"马背上的威严男子表情没变，但语气听起来显得难以置信。

"我没听说过，抱歉我不是本地人，只是路过这里。不过刚才我一直在这里划船，好像没看到有什么集会啊。您肯定是在这里吗？"昆恭敬地问道。

"当然，从小开始我就跟我父亲参加舞集，从来没错过任何一次集会。每次舞集都在雨巫湖这儿举行。"对方望着空空的湖面骄傲地说。

"雨巫湖？您是说鲁比湖吗？"昆指了指身后的湖。

"那是白人的说法。我不会这样称呼她，她很尊贵。"男子的说法像在描述一位女子。他跳下马把缰绳抛在马鞍上，听任那匹马在湖边饮水。盛装男子走到湖边蹲下洗了洗手，他眺望着远处的湖面，口中喃喃自语似乎还在哼唱着什么。

"刚才是您在树林里唱歌吗？唱得很好听。"昆由衷地赞叹道。他把泳镜推到头顶，面前的一切再次变得鲜亮起来，盛装男子看上去像是突然出现的一个三维图像。

"哦是的，那是首关于治愈的歌。"没等昆张口请求，那个男子兴致勃勃地再次哼唱起来。即便是在明亮的光线中，昆也看不出来那个男子涂着黑白染料的面孔的真实模样，只是看到男子的双目大如牛眼，两个眼珠闪动着灵活的亮光。

男子继续哼唱了一会儿后在岸边的岩石上坐下，他望着昆问道："喂，你是墨西哥人？"

"不是，我是中国人。"昆觉得有些好笑，这倒是他第一次被误以为是墨西哥人，不过这也是他上路后，第二次被人和墨西哥扯上关系，上次是在美国边境检查局。"我叫昆。很高兴认识您。"

"昆？我喜欢这个名字。在我们的方言里昆是鲸鱼的意思。我是Buffalo Hawk。"男子朝昆伸出巨大粗壮的手。

昆不知道对方名字的意思到底是野牛霍克，还是布法罗老鹰，或者两者皆是——从那个盛装男子佩戴的动物饰物来看，野牛和老鹰在他身上兼具；但是昆很喜欢他名字的含义在当地印第安方言里是鲸鱼这个巧合，他脑海中闪过那只化鲸。

"幸会了老鹰先生。"昆握着对方的手使劲摇了摇。对一个游泳选手来说，昆的手已经够大了，但是对方的巴掌却比他还要宽。

"中国人，唔，我见过一些中国人，在不列颠哥伦比亚省那边，那里有很多中国人在修建铁路。"男子摇晃着手中的短杖指着西边。

对方的话让昆感到惊愕，他突然有些迟疑，似乎有种时光交错的感觉。在他的记忆中，华人在加拿大西部修筑太平洋铁路是发生在一百年之前的事情，不过出于尊重，他并没有急着纠正对方。

"喂，昆，你跳舞吗？"男子问道。

昆尴尬地摇摇头。在他的印象中，他从小对音乐舞蹈就不热衷，或许这跟他小时候被父母逼着学钢琴有关。在他消极抗拒了三年之后，发现他没有显示任何天赋的迹象而且进展甚微，昆的父母最后终于放弃，他不再继续学习钢琴，从那以后昆就逃离了音乐。

"没有人不跳舞。来，我教你，跳舞很简单，你只要忘掉自己就好了。"男子张开双臂，像是一只鹰舒展开宽大的双翼，他一边有节奏地唱着一边踩踏着重复的舞步，身体伴随着节奏不停转换方向。虽然身材壮硕，但是他跳舞的样子却出人意料地轻盈。

盛装男子浑身的羽毛随着节奏和哼唱颤动，他招手示意昆加入一起跳。昆不好意思拒绝，反正没有人围观，于是他站起身模仿着对方的舞步。

熟悉了简单的节奏和舞步后，昆很快便跟上了对方的节拍。看到昆的脚步逐渐踏在了节奏上，那个男子显得很开心，歌声也愈加嘹亮起来。挂在他身上的一些小铃铛有节奏地敲击着，像是有乐队在击打着节拍，两个装扮迥异的人就这样在河边不停边唱边舞。

仿佛被对方的热情所感染，昆尽情地顿足并摇摆着晒得发红的身体，两人中间的地面上像是有一个看不见的圆环，他们沿着圆环的边缘顺时针移动，不停地踩踏着节奏舞动。

昆和音乐之间的宿怨似乎随着舞步被化解，这是记忆中他头一次如此享受音乐和节拍，在这个舞蹈中，舞步之间有一个容易忽略的短暂停顿，正是那个停顿让昆找到了这个舞蹈的快乐和节奏。

这时，本来晴朗的天空不知从何处飘来几朵乌云，几分钟后湖水上空布满了阴云，湖中央的地方开始落起了雨。阳光从云层中的缝隙透过，几条平行的光线整齐地斜射在湖面上，湖面上同时浇落着雨滴和阳光，远处的水面闪现着光芒，湖面显得生气勃勃。

过了一会儿，华丽的铃铛声停顿下来，男子停下舞蹈的脚步，喘息着对昆说："昆，看，就是这么简单！你跳得很不错，下次舞集希望还能见到你。时间不早了，我要去和他们会合了。"盛装男子拥抱了昆，他打了一个响亮的呼哨，那匹白马从灌木丛后跑到他面前。

印第安男子纵身一跃跳上马背，他整了整那副巨大而富丽堂皇的头饰，带着庄严的语气和神情对昆说："很幸运我们可以在舞集上认识！再见朋友，祝你好运！"说完男子用短杖敲了马一下，马背上左右摇摆的身影消失在灌木丛后。

"还是丢掉那个奇怪的玻璃镜吧，那玩意会让你错过舞集的。"那位盛装男子的声音从树后面传出来，昆知道他说的是自己头顶上那副金红色游泳镜。

"这真是件奇怪的事儿。"昆自言自语地说。他转身眺望着身后的湖面，惊讶地看到雨已经停息，远处湖面的上空浮现出两条平行的彩虹，像桥横跨在湖面上。

"对不起，我们马上要闭门了。"昆身旁传来一个女声。昆摘下眼镜，那位身穿粉色制服的售票女孩正站在他身边，手里拿着一只手电筒。电影放映厅不知什么时候亮起了灯，空荡的放映厅只剩下他独自一人。电影放映机早被关掉了，昆面前只剩下了一幅空白的幕布。

昆走出好莱坞明星电影院，在夜色中朝旅馆方向走去。刚走了几步，他转身看了看影院，陈旧的电影院此时已经陷入黑暗，电影放映厅大门紧锁，滚动闪耀的广告灯不知什么时候已经熄灭。

昆站在一个十字路口，他左右转身疑惑地看了看身边四条方向截然相反的路。黑夜中的小镇寂静无声，远处旗杆上悬挂的绳子随风晃动，偶然撞在旗杆上发出轻微的响声。空无一人的四条路看起来似乎没有任何不同，昆心里突然升起一种奇怪的感觉：朝哪个方向去已经不再重要。

昆放下碗筷，心满意足地擦干净唇边的油。他抬起头发现陆安仍然坐在对面的位置上，面前放着一叠单据和一部计算器。

"嘿，昆！有没有去鲁比湖看看？"陆安望着昆，手指中夹着没点燃的香烟。

"去了，那个湖真是美极了！你猜怎么着？我遇到一个很有意思的印第安人，他穿得非常隆重，他说他是专程到那里参加一个叫什么舞集的特别聚会，不过我猜他大概找错了地方，因为除了他我没有见到任何别的印第安人，也没有见到什么聚会。"昆在陆安对面坐下。

"舞集？他说是舞集？"陆安点上烟，徐徐吐出一个烟圈后问。他想了想说："地方应该没错，鲁比湖一直是印第安人举行舞集的地方，我刚来这儿的时候还去看过，不过后来不知道为什么不办了，我已经很多年没听说那里有聚会了。"

叫作小徐的那位服务生把昆面前的餐盘收走。"哥，您要咖啡还是茶？"服务生热情地问。"咖啡，谢谢。"昆答道。他仍然在回想着湖边的经历。那场偶遇让他觉得神清气爽，他仿佛听到那个独特的舞步节奏仍然清晰地回响在耳边，似乎他身体的一部分仍然在延续着那个节奏鲜明的舞蹈。

陆安拿起一张单据很快看了一眼，随后在计算器上迅速敲击了几下。"你的龙虾看上去已经缓过来啦。它应该随时可以出发了。"他像是算命先生在读卦，又有点像位医生开着诊断书。

"那太好了，如果这样的话，我吃完早饭就出发。给你添麻烦了，两顿饭加龙虾疗养，我该付您多少钱？"昆感激地边说边准备掏钱包。

陆安微笑着摆摆手："不用这么客气，都是路上的朋友，能帮就帮一把。等会儿八点半有趟往东去的过路车，下午三点到终点站，你能赶得上，我等会儿给车站的朋友交代一声。"

虽然昆不太清楚他的意思，但是他仍然觉得陆安的建议听起来蛮有道理。忽然昆想起一个问题："您记不记得当年华人在加拿大修建铁路是什么时候的事情？"

"很久以前了，应该有一百多年了吧。"陆安答道，"但不是在这里，镇上这条路不是华人修的，这是后来才建的。当年修铁路的华工主要是在西海岸。"

昆回想着那个盛装的印第安人，他可以确信那个人年龄不会超过六十岁。昆没有继续问下去，他静静地看着窗外空荡荡的马路。正在这时，桌上餐盘里的筷子轻轻颤动起来，随即远处传来了教堂钟声。很快，沉重而有节奏的铁轨撞击声由弱到强再次响了起来。钟声变成了车轮滑过轨道的声音。哐当哐当，节奏划一。小镇时间凝固了。

钟声逐渐远去。昆喝了一口咖啡，他忽然想起和那个金色眼睛女子的对话。于是他问道："龙虾会不会感到疼痛？"

听到昆的问题陆安笑起来。"这是个有趣的问题，我倒是真没想过。我自己不吃龙虾，那东西太寒而且……"他没说下去，吸了一口烟，"可我听过龙虾的叫声。"

"龙虾会叫？"昆好奇地问。

陆安说："我见过别人煮龙虾，它们会在开水锅里吱吱地叫，你要是头一次听，那动静听起来挺瘆人的。"

"走吧，往东的车来了，我送你去车站。"陆安把吸了一半的烟头搁在烟灰缸上，拎起冷藏箱站起身。

第十章
美杜莎佳酿

"T兔"两边的车窗摇下来，呼啸的风灌入车厢，又从后方穿出。远处几头悠然啃着草的美洲野牛随着货运列车有节奏的车轮撞击声向后方漂移而去，坐在驾驶座的昆同样神态悠然，他双手交叉在脑后，跷腿任风把头发吹乱。

昆的"T兔"野营车停在货运列车的一节空荡的车厢中。车厢两侧厚实的金属移门推开了一半，车厢后端的草垛上压着几个汽车轮胎。列车虽然在高速行驶中，但车厢里仍然闻得到浓重的机油味。

昆对此完全不介意，说实话他很喜欢陆安的这个主意。昆没有下车，他坐在"T兔"驾驶位上悠闲地欣赏着东部草原景色。说实话，列车两侧宽广平坦，如果不是路边偶尔闪过的寥寥几个参照物，一成不变的平原风景完全可以令人产生某种错觉——那列高速行驶的火车正处在静止中。

昆把座椅放倒，几乎平躺在车里。毫无疑问，即便是跨越大洋的飞机头等舱，也赶不上这种独特的体验。

昆从背包里掏出一个苹果，心满意足地大口嚼着。他心里充满了久违的快乐，那种快乐似乎只有在他很小的时候才短暂地体验过，时间似乎长久到他已经完全忘记。此时随着耳边传来的单调而响亮的车轮和铁轨的撞击声，一切担心和焦虑似乎都被敲散，被风吹得无影无踪。

昆觉得自己像是一只正在蜕壳的龙虾，周围的一节一节金属车厢像是蜕下的硬壳。旅行进行到一半，他觉得另一个自己像正从坚硬厚重的盔甲中慢慢钻出来。

昆沉醉地啃着苹果，车轮和铁轨接缝处的撞击声似乎变成了鲁比湖边的鼓声。他突然意识到，如果没有了那些焦虑，原来一个既没有同类，也没有朋友的日子居然也可以这样快乐而无忧。

下午两点半，货运列车停靠在基诺镇。下车后昆在站台上目送列车驶离了小镇站台。黑色的车厢涂满彩色涂鸦，一节一节从他面前慢慢滑过，向东南方驶去。不知是因火车的离去还是午后令人抓狂的耀眼阳光，望着远去的列车，昆突然有些失落，好像有些东西从他心中抽离而去。

鼓声消失了，小镇的站重新陷入了冷静，阳光下的车站静得有点令人心慌。

昆发动车子离开了火车站。他一刻不停地向东奔去，似乎想从那个慌乱中逃出去。不知开了多久，天空从一望无边的纯蓝变成了暗红色。

昆看到"T兔"仪表盘显示车子的油量已接近零，公路边却始终没有见到下一个加油站的信息，昆不由得更加担心起来。

就在他有点绝望的时候，昆看到公路右侧的远处出现了一个种植庄园，白色的谷仓在暗红色的光线中显得很突兀。

昆如释重负，他急忙把车子拐下公路，朝着那个白色庄园开过去。离近了昆才发现种植园里是一排排低矮的葡萄架。围栏中间的私家车道入口处挂着一个不起眼的白色椭圆木牌，木牌上有一个用黑白线条勾勒的女子头像，下面镶嵌着一行金属小字"露丝酒庄"。如果不仔细看，铅灰色的字体在黄昏中难以辨认。女子头发被涂画成了红色的卷发，像是一群舞动的小蛇。

昆沿着农场中间狭长的砂石路一直开到白色谷仓旁边的房屋前，这是一栋两层的红色房子。昆熄火走下车，他刚走到门口，房门打开了，一个头戴宽边草帽的女子扶着门出现在他面前，即便是在黄昏的红色晚霞中，她的脸色看上去仍然显得有些苍白。她一头卷曲的红发披在身后，在晚风的吹动下轻舞着，像是摇曳的群蛇正窥视着昆。

女子扶着门框站在那里凝视着昆。

"嗨女士，抱歉打扰您。请问下个加油站离这里还有多远？我的车子快没有油了。"昆客气地跟她打招呼。"下一个加油站在里奇镇，往东还有六十公里。"那位女子回答道。昆露出失望的表情。女子接着说："不过我可以给你一些，仓库里有。"

昆急忙表示感谢："那太好了，谢谢您。"

那位女子不动声色地接着说："不过等会儿需要你帮我个忙。"

说完她转身走进屋里，昆跟着她走到那个房子前。房门敞开着，昆站在门口有点犹豫，不知道是否应该进去。那个女子的声音从屋里深处传出来："不要一个人站在外面，进来吧。"昆只好拎着冷藏箱走进了红色小屋。不用开箱，他知道现在该给赤龙补充冰块了。

"请坐吧。"女子指了指房间一端，昆注意到，圆形的客厅中摆放着两把红色绒面的古董沙发。他刚坐下，女子就端着一个装满冰块的金属桶放在沙发旁的茶几上，冰桶中插着一瓶葡萄酒。

她的另一只手倒提着两个葡萄酒杯。女子从冰桶中抽出酒瓶拧开，给两个水晶杯里各自斟了些酒。昆看到酒杯中的红酒呈现出一种奇特的清淡而澄亮的粉红色，望着那个颜色，昆突然感到一种熟悉的眩晕感，令人兴奋。

"这是酒庄自己酿的桃红酒，希望你喜欢。"女子递给昆一个杯子。昆凑近杯子，传来清晰可辨的花果香气，那是一种很难描述的奇特气息。

昆举起酒杯尝了一小口，清凉滑顺的酒汁好像瞬间唤醒了他的某些意识，他的嗅觉和味觉似乎突然延展开，连通为一体，一股清凉异香感布满了他的头部，那清凉的汁液滑入喉咙几秒钟后接着弥漫开来。昆觉得自己从颈部向下猛然变得清亮起来，像是一种可以看得见的敞亮感觉，以至于昆错以为自己的身体变得通透起来。

"喔，这酒真是与众不同。"昆惊讶地举起杯子望着，杯中的淡红色汁液摇曳荡漾着，透明的液体挂在杯壁。

"去年收获的勃莱诗。"女子微笑道。"这是酒的名字？真是贴切。"昆赞赏道，勃莱诗是面色羞红的意思。"这是我们酒庄培养的一种特有的葡萄品种。它不像赤霞珠，更不像黑皮诺，对其他葡萄品种来说致命的寒冷恶劣天气，对它来说丝毫不是问题。"女子介绍道。

昆注意到这个圆形的客厅里好像充满了各种圆形的几何符号，从长满茂盛植物的小花盆、茶几下的地毯、阅读椅的靠背，到墙上悬挂的各种相框、挂钟，甚至桌上的台灯，每件东西都是圆形。不知是不是因为空腹饮酒，昆觉得有种眩晕感。女子殷勤地为他继续斟酒。

"哦，不用了，谢谢，我等一会儿还得继续赶路。"昆婉拒道。

"不用急，我等会儿会帮你把油加好。不过既然你来了，我正好需要你帮一个忙。"女子望着昆，她的头发在窗外晚霞的映衬下呈现出一种独特的金红色，像燃烧的火焰，她的棕褐色的眼睛细长而深邃。

"没问题，有什么我能帮忙的请尽管吩咐。"昆急于表示谢意。

"我想请你帮忙浇灌葡萄园。"女子回答道。不知是因为酒意还是晚霞，她原本苍白的脸上带着绯红色，像是微醺又像是潮红。

"浇灌器的开关在门外的工具间里。抱歉这里没有自动浇灌器，所以只好麻烦你来动手，大概需要三十分钟的时间。"女子说。

"交给我好了。对了，我还没来得及介绍自己，我叫昆。"昆想起来他还不知道对方的名字。

"欢迎来到露丝酒庄，我叫露丝。"叫露丝的女子说完起身走出了客厅。

昆朝工具间走去，他接好水管拧开龙头，水花依次从一排排的葡萄藤上迸发出来，低悬而密实的蓝灰色葡萄表面很快挂满了细密的水珠，庄园里种植区的空气变得湿润而清凉，刚才一路上的暑气和干燥感迅速荡然无存。

昆推门回到屋里，刚一进门便大吃一惊，房间好像被施了魔法一样，短短的时间里完全变了样，餐桌上铺设了暗红色台布，布置好了丰盛的晚餐，餐厅在烛光中显得温情而充满希望。露丝面带微笑站在餐桌边请昆入座。

"希望你不介意和我一起用晚餐，今天你帮了我很大的忙，我一定得表示感谢。"露丝拉开桌子一端的椅子坐下，笑吟吟地望着昆。

"不算什么，只是举手之劳而已，哪里谈得上什么帮忙，你真是太客气了露丝。"昆落座后好奇地问："酒庄没有工人？只有你自己？"

"我丈夫前些年离开了，现在只有我一个人住在这里。"露丝双手握着刀叉望着昆，她的眼神中看不出特别的情绪。

昆不知道应该安慰她还是说些别的什么，他有点尴尬地低头吃饭。尝了几口他抬起头，指着盘中的晚餐对露丝说："真是美味至极！我从来没有尝过味道这么特别的色拉，你用的调料味道很特别。"他诚恳地称赞道。

"你发现了？调料中我混合了些葡萄液和蜜糖。"露丝说。

"真是一绝。这里葡萄酒的口味同样与众不同，我过去喝过桃红葡萄酒，可是没怎么特别留意过，我很好奇它怎么才能酿造成为那种特别的颜色。"昆举起酒杯，对着烛光仔细看着，杯子中流转的粉红色酒液看上去比之前喝的那个品种要更浓些。

"我喜欢用放血的方式。"女子淡然笑着答道。

"放血？"昆吃惊地把杯子放下。

"那是桃红酒的一种传统酿造方法，葡萄采摘后，冷浸一段时间，然后把一部分葡萄汁先放掉少量部分，桃红酒就是这小部分放掉的汁液所酿造的。"

"原来是这样！"昆似乎松了口气，"怎么会用这个奇怪的叫法呢？"

"或许是新鲜汁液排放的时候，让法国人想起了放血疗法吧。"露丝不动声色地叉起一小块鸭肝放进嘴里慢慢咀嚼着。不知是她的话还是桃红酒的原因，昆再次感觉有点头晕目眩，他端起冷水喝了一口定定神。

"你知道吗？放血疗法过去可是欧洲人很尊崇的一种疗法，他们把放血视为治愈生命和永葆活力的方式。其实不只那时候，直到现在还有人延续这种传统疗法。"露丝接着不紧不慢地说。

"真的管用吗？"昆问道。

"当然有用。其实这并不奇怪，对人类来说，血液是力量的根源，人类因为血缘关系而成为亲人。"露丝显然对这个话题很熟悉和热衷。

昆知道露丝的话的确是事实，实际上不仅是古代欧洲，虽然形式不同，放血疗法从美索不达米亚文化到古印度医学，甚至在中医中都是常见的治疗手段，只是他从来没想到把这种久远的传统疗法和葡萄酒酿造联系在一起。

"当然，也可能有人觉得这种酒能让人重现生命和活力。"露丝不动声色地瞟了他一眼。她端起手中的杯子喝了一口，昆看到那淡红色的汁液缓慢而流畅地滑入她的口中，露丝抬起脖颈，颀长的颈部白皙而光滑，好像能够看到那些红色的汁液顺着她长长的颈部，缓慢渗入她身体深处。露丝似乎察觉了昆的眼光，她细长深邃的眼睛从杯子后面望向昆，在红色台布和烛光的映衬下，她的瞳孔变成了金褐色。

不知什么时候餐厅里开始回荡着徐缓的歌声，悠扬的女声像是中东风格又有点像是印度梵乐。忽远忽近的音乐声像在房间中徐徐回旋盘绕的香气。露丝低头拨弄着盘中的晚餐陷入了沉思。

"露丝，这个酒庄有多久历史了？"过了一会儿，昆没话找话打破沉默。

"大概十八年吧。"露丝轻描淡写地回答，好像仍然沉浸在沉思中。

"一个人住在这么荒凉的地方，你会不会……"问题刚一出口昆就觉得有点后悔。

"寂寞？"女子读懂了他的心思。

"我想问的是恐惧。"昆赶紧解释说。

"啊，寂寞的孪生兄弟。"露丝自言自语道。

"刚才来的路上我好像没有见到其他邻居。"昆说道。

"你觉得我是一个被遗弃的人吗？你并没完全说错。"露丝说。

"但你看起来并不沮丧或者悲伤。"昆脱口而出。露丝笑着举起酒杯，微微摇着。

女子的脸上再次浮现出淡淡的桃红色，像是杯子的葡萄酒液。"我习惯了孤独。有时候我会有访客，包括像你这样意外到访的来客。我总是喜欢想办法让客人愉快，这会让我更开心。"

她接着说："你知道酿造葡萄酒最难的地方是什么吗？"昆摇摇头等露丝继续说下去。

"不确定性。葡萄种植里充满了不确定性，从气温、湿度、降水量、日照强度到土壤的变化、害虫数量，有无穷无尽的因素都影响着每一季的葡萄口感，而这些因素没有一个能够被人所左右。"露丝说。

昆疑惑地问："那怎么办？"

"接受它。不需要和它对抗，接受就好。你说的那些情绪，不管是孤独、恐惧还是沮丧，就像是一粒粒葡萄里面满载的汁液。独处是一种最好的酿造方法，不管年头好坏，它总能把那些葡萄酿成最合适的美酒。"

说完露丝起身走到昆面前，把手背伸向他，昆下意识地接过她的手，白皙的手冰冷光滑，似乎接到了什么信息，昆低头轻吻了那个手背。他和露丝两人都没有再说什么，沉默中餐厅里的空气浓郁得像融化的蜜糖。

晚餐结束的时候，昆似乎已经完全忘掉了向东的旅行和赤龙。露丝起身拉着他的手，带他走上二楼。

她把昆引到卧室的床边，慢慢褪掉了他的衣服。她看着他手臂上的彩色文身，然后轻轻地逐一抚摸着隐藏在文身图案中的那排细长的疤痕。昆尴尬地刚想解释，露丝微笑着用一根手指压住他的嘴唇，"嘘……"她摇摇头，"我明白。"

那是一些刀割的伤疤，是昆高中时代的留念。刚到温哥华的那三年高中生活，是昆很挣扎的一段时光。因为英文水平，更多因为年龄阶段、与家人的关系，他感觉自己像是被放逐到了一个遥远而陌生的地方。除了上学，他很多时候都把自己封闭在房间中，既懒得又拙于与人交往。

在这种封闭的日子里，他曾经尝试着用刀片和自己对话。这是一种令人绝望而且上瘾的沟通尝试，很奇怪的是，虽然对外人而言看起来相当可怕，可是每次随着鲜血流出身体，疼痛之余他内心却总会涌出一种难以名状的轻快和释然，好像得到了某种救赎。

因为怕同学和校方发现，昆一直穿着长袖衣服去学校。然而这种情况愈演愈烈，终于在一次体育课上，老师发现了他手臂上的伤痕。对学校来说，并不是第一次发现这种情况，有丰富应对经验的校方强制要求昆参与了长达半年的心理辅导课程。或许是辅导课程的作用，也有可能是因为年龄的增长和语言沟通能力的提高，昆开始走出自己的房间，他后来再也没有捡起刀片。

虽然已经过去几年了，但这些伤痕所代表的记忆并没有完全消失——只是他一直希望隐藏起那段时光，所以后来在墨西哥他选择了那个文身，一劳永逸地把那些伤痕掩藏在那只飞鸟的羽毛下。他没有想到，露丝居然毫不费力地看到了那些羽翼下隐藏的伤疤。

露丝拉着赤身裸体的昆走进卧室边的浴室。浴室是一间纯白色的六角形房间，地板上铺设着六角形的老式白色瓷砖，一口象牙色的兽爪铸铁浴缸放在房间正中，浴缸中盛满了水。

她拿着一个酒瓶形状的磨砂瓶子向浴缸里倒进一些类似葡萄酒颜色的液体，酒瓶上的标签是一个美杜莎女神头像，酒名字叫作"The Outcast"（流浪者）。浴缸里的水瞬间变成了桃红色，像是他们喝过的桃红酒的颜色。露丝让昆坐进浴缸，然后自己脱掉衣服坐在他双腿上。

不知是来自水里的浴液还是那个女子的身体，昆感到自己被刚才那种淡粉葡萄酒的奇特花果香气笼罩着。他不由自主地揽住那个女子，她的腰部像羽毛一样轻盈柔软，昆觉得露丝、他自己、那口浴缸和六角形浴室，以及整座房子都像漩涡一样缓缓地沿顺时针方向旋转起来，然后旋转的速度越来越快，浴缸中桃红色的浴液荡漾着，不断从浴缸中溢出，溅落在纯白色的瓷砖上，变成几条淡红色的细流，向浴室中央的出水口蜿蜒而去，随后陆续消失在那里。

在女子的身后，昆所看不到的池水中，一节暗红色甲壳状的肢体露出水面，随后是另一节，继而消失在水中。"你知道吗？找到自由的办法不止一个。"露丝的声音像从另一个空间传来，清晰但又遥远。

惊骇之中昆猛然惊醒，发现自己正和衣平躺在"T兔"车后座上。他赶紧爬起来向窗外看，车子停在平坦的牧场边，月光下四周只有看不到尽头的牧场，既没有葡萄园，也没有任何农舍和谷仓。昆打开冷藏箱，里面铺满了新添加的冰块，赤龙仍然在蛰伏。昆发动了车子，车子的油表指针指着全满的方向。

他熄火后充满疑惑地下了车，夜色中他四下张望着，除了平坦的农场还是农场，只有田野中的小虫忘情地鸣唱着。昆沿着田间的砂土路开了很久，终于看到远处发白的高速公路。

他摇起车窗，封闭的车厢里很快传来那种略带甜蜜的花果香的气味。他四处使劲抽鼻子，想找气味的来源，他把手臂凑到鼻子底下闻了闻，手臂上还带着清晰可辨的淡淡香味。

重新回到高速公路上，昆摇下车窗让残余的香味散去。他踩下油门，向东驶去。

第十一章

露丝夫人的故事和野营地

　　天色刚刚泛白，昆穿过了邻省边境。他没有停留，继续向东前进。先前笔直的公路开始变得有些崎岖。昆拐过几个弯道，突然感到车子猛烈抖动了一下，紧接着又是一下。他赶紧减速把车子驶入慢车道，然后停靠在路边。

　　昆下车打开引擎盖子，一小股白色烟雾散发出来，伴随着橡皮烧焦的味道。他知道情况不妙，只好站在路边等候过路车辆的帮助。

　　清晨的公路边很冷，朝霞无法驱走夜晚所留下的寒意。昆等了很久都没有任何过路车辆。终于有辆货车从远处驶来，昆赶忙走到路边竖起拇指，货车没有减速，从他身旁呼啸而过。公路重新恢复了漫长的沉寂，昆倚着车子无奈地继续等候。

　　过了很久，远处终于传来了隐约的发动机声，两辆黑色的摩托车出现在公路远方，并轰鸣着向昆快速驶来。没等摩

123

托靠近，昆上前站在路边，用力夸张地摇摆双臂。他不想再次错过机会。

看到领先的那辆摩托车速度减慢下来，昆喜出望外。黑色的本田摩托车停在他面前，身穿紧身黑色皮衣，头戴黑色头盔的摩托车手熄火后走到昆面前，后面跟行的那辆同款摩托车也停靠在路边，戴着同样黑色头盔的车手并没有下车。

看到摩托车手向自己走来，昆赶紧迎上去说："嗨！你好，我的车子出了故障，很抱歉但能不能麻烦你载我到前面的镇上？"

摩托车手站在昆面前，虽然看不到对方的面孔，但昆觉得对方在黑色面罩后面凝视着自己。摩托车手没有回应他的问题，而是走到"T兔"前俯身观察发动机罩下的引擎。过了一会儿车手来到昆面前，举起双手卸下头盔，然后甩了甩头发，一头褐色的长发如同瀑布般在身后散开。昆这才发现摩托车手原来是个年轻的女孩，她的年龄看上去和自己相差无几。

女孩右手反扣着头盔夹在腋下，指着野营车向另一个车手发问："爸爸，拉里叔叔是不是对大众野营车很熟悉？"那个车手把头盔向上推起顶在脑门上，头盔下露出一张晒得红彤彤的脸。

"没错，他可是把好手。小伙子你很走运，你正好找对人啦！走吧，我们带你去找拉里。这种车子他摆弄了几十年，没有他解决不了的问题。"红脸汉子把头盔重新拉下，发动了摩托车。

女孩对昆解释说："灰石镇离这里还有三十公里，就算你赶到那里，也不一定能找到合适的技工。我带你去找拉里叔叔，他就在前面的野营车驻地，我们正好要去他那里。上车吧。"她重新跨上车，紧绷的黑色皮裤在晨光的照射下闪着光。

"太感谢了，麻烦稍等一下。"昆迅速从车上取下冷藏箱，拎着它朝女孩走过来。

"不用担心饿肚子，驻地有早餐。"女孩笑道。

"不是，这里面不是吃的。"昆赶紧解释。

"等等，你不能手提着那个冷藏箱坐车，不安全。"女孩爸爸说，"把它留在车上，我们等一会儿想办法把车子拖过去。"

"抱歉，我必须得带上这个冷藏箱，我不能把它独自留在这里。"昆坚持说。

听他这么说，女孩父亲再次把头盔摘下来。"冷藏箱里是什么东西？"他问。

"一只龙虾。"昆老实回答，"是一只我准备带到哈利法克斯放生的龙虾。"

"放生？"女孩和她父亲对视了一下，好像一时没反应过来他的意思。

她父亲朝昆伸出手说："把冷藏箱交给我吧。"昆一直看着红脸汉子，直到他把冷藏箱仔细在女孩的后座上用皮带固定好后，才上了女孩的摩托车。接着，女孩递给他一个头盔。摩托车再次轰鸣着抖动起来。"抱紧我。"她在前面大声说。还没等昆回答，摩托车已经缓缓滑上公路，然后加速向前疾驰而去。

十多分钟后，摩托车拐下公路，拐过一个小山丘后开进了一处野营车宿营地。这种宿营地专供野营车使用，有水源电源等各种野营车专用设施。摩托车轻车熟路地开到一辆乳白色厢式旅行车边停下，昆看到有一位男子正坐在一簇篝火边。

"早上好拉里叔叔，您有空吗？"女孩带着昆朝男子走过去。坐在篝火边的男子站起身，女孩子简单说明了昆遭遇的情况。

"您能帮忙吗？我的终点是哈利法克斯，还有两千多公里路，全指望它了。"等女孩说完，没等拉里出声，昆赶紧请求道，"这是辆老款车，找到能摆弄它的高手可能不容易。"

"哦？是吗？我经手过的大众野营车少说也有四五十辆了，我来试试看吧。克莉斯，你来帮忙准备早饭，把摩托车钥匙给我。"男子跨上摩托车离开了野营地。

男子走后，克莉斯和昆坐在篝火边，克莉斯在平板电脑上敲写着什么。

"你在路上旅行几天了？"克莉斯知道昆是从西海岸出发的。

"今天大概是第四天了，等等，好像是第五天了。有时候我白天开，有时候晚上开，我也记不清自己在路上具体有几天了。"昆抱歉地笑笑。

他说的是实话，自打从白马镇书店老板萨姆手里取到"T兔"，上路后昆好像慢慢失去了对时间的感觉，尤其是离开火车小镇后——从地图上来看，那应该是整个行程的中点——他对行程和日期完全记不清楚，而露丝酒庄的经历则似乎彻底割裂了日期之间的连接点。

"克莉斯，你父亲呢？"昆突然想起来克莉斯的父亲没有跟着过来。

"他直接去灰石镇了，他会在那里等我。"克莉斯回答说。

"你们去哪里？"昆问。

"雷霆湾。"克莉斯回答说，"我有个预约。"

昆打开冷藏箱，检查了一下赤龙的情况，它看上去一切都很好。

"你和你的龙虾需不需要什么早餐？我饿坏了。"克莉斯丢了几块木柴在篝火中，火堆中已经炭化的木头被压断，噼啪作响地迸射出火花。"我也是。赤龙还在睡觉，我还是别叫醒它了。"昆答道。

"赤龙？这个名字很有意思。早餐你想要牛角包还是甜饼圈？""牛角包吧，谢谢。"昆觉得自己的运气实在太好，不但找到车子救星，甚至还有早餐。

趁着克莉斯准备早餐，昆终于在篝火边把自己暖和过来了，刚才坐在摩托车后座上，昆在高速公路上被风吹得寒冷透骨。克莉斯走到篝火边，递给昆一盘早餐，在他身边坐下。饥肠辘辘的昆迫不及待地吞咽着盘中的炒蛋和牛角包，嘴巴含糊不清地发出赞美声。克莉斯好奇地看着他："你为什么会想到独自一个人驾车六千公里，专程到哈利法克斯放归一只龙虾？"

"我希望能告诉你一个特别的答案，可是老实说，真没什么特别的原因，就是我第一次看到它的时候，我就有种特别强烈的感觉，想把它带回大西洋，带它回家。"昆咽下满嘴的炒蛋。

"仅此而已？"克莉斯问。

"就这么简单。你是不是觉得有点奇怪？"昆问。

"嗯，要说奇怪也不算最奇怪的。我碰到过比这还要稀罕的事。"克莉斯很快便吃完了早餐，她重新捡起电脑敲写着。

"比如说呢？"

"喏，比如说拉里叔叔，他已经在旅行车上生活了十年。过去十年他一直不停奔走在公路上，从东到西，从南到北，就他和凯瑟琳姑姑两人。"

"拉里叔叔的妻子？"

"她上个月刚刚去世，在蒙特利尔。"

"拉里还会继续旅行吗？"

"当然。我不知道他还能不能够适应停止下来生活在同一处地方。或许等有一天他开不动车的时候吧，我甚至猜想他会一直在路上，行走到死。"克莉斯肯定地答道。

"天哪，这些龙虾真有趣。"她一手指着电脑屏幕念道，"雌性龙虾会不断对着雄性龙虾排尿来制造一个恰当的氛围，引诱雄性龙虾与之进行交配。交配之前雌性龙虾会先蜕壳，蜕壳过程中雌性龙虾原先储存精子的器官也会跟着脱离，雌性龙虾先前交配所储存的精子也会剥离，新的器官便会出现，也就是说此时的雌性龙虾重新转化成处子之身。它脱下坚硬的壳，摇晃着柔软的身体和他交配，交配结束后雌性龙虾开始长出新的硬壳……"

克莉斯抬起头大笑着对昆说："天哪！听起来真酷，对吧？"

昆跟着笑了起来，忽然他觉得自己好像又闻到了那股奇特的香味。两人正在交谈，远处传来摩托车的声音。拉里停好摩托车，一头扎进他的旅行行，不一会儿他拎着一个工具箱走了出来，重新跨上摩托车准备离开。

"小伙子，你很有运气，"拉里从几步之外对昆说，"问题不算大，是汽缸垫的问题，给我大概一个小时的时间就行了。"

昆感激地对他竖起大拇指。"顺便问问，你从哪里找到这辆车子的？"刚准备起步，拉里回头问昆。"白马镇，从一个书店老板那里换的。"昆答道。"萨姆，杜鹃鸟书店的萨姆·图森？"拉里问，"你认识萨姆？"

昆吃了一惊。"难怪！我当然认得这辆车子，发动机是改装过的。几年前我在白马镇萨姆家里见过它，我和他专门讨论过这辆车子，那时候他刚换了新发动机。萨姆保养得真不赖。"拉里说完仔细打量了一下昆，"那个吝啬的家伙居然肯把这辆车子转让给你？难道萨姆现已经要坐轮椅了吗？"

"没有，萨姆的身体看上去很结实。"昆笑道。

"奇怪，真是不可思议。"拉里再次打量着昆，"要知道，这辆车子可是那个老家伙的宝物。他告诉我，他的两个儿子都是在那辆车上搞出来的，他可真是个怪物。"拉里摇摇头，用力踩下起动杆，摩托车轰鸣着离开了营地。

昆和克莉斯对望了一眼。"听起来蛮像个精力十足的家伙。"克莉斯笑道。"谁？萨姆？"昆问。"他，还有那野营车。"克莉斯和昆都大笑起来。"我刚才说什么来着，拉里是个人物，这车他一准在行。"克莉斯得意地说。"克莉斯，你是本地人吗？"昆突然想起什么。"是啊，我就住在灰石镇。"你有没有听说过这附近有一个酒庄，叫作露丝酒庄，一个葡萄酒庄园？"昆问。"葡萄酒庄园？没听说过，这附近都是牧场，还有一些农作物种植场，但是没有听说过葡萄酒庄园。"克莉斯肯定地摇头。

"哦，知道了。"昆放下手中的餐盘。"怎么，你在找这个酒庄？"克莉斯问。"没什么，我随便问问罢了。"昆郁闷地回答。"前面到了大湖区附近，会有不少酒庄，如果你对葡萄酒感兴趣，可以在那里停留。"克莉斯热情地介绍。说完她自言自语地念叨："露丝酒庄，露丝……"她忽然眼睛一亮，兴奋地看着昆，小声问道："喂，你是不是见到露丝夫人了？"

昆望着克莉斯的眼睛，她的眼神中隐藏着笑意，好像看穿了自己的心事。"怎么了？你听说过她？"昆反问道。

"哦！天哪，我猜中了！我果然猜中了！你竟然遇到露丝夫人了！"克莉斯捂着嘴吃惊地站起身来，像是发现了一个不可告人的秘密。

"等等，克莉斯！你说的这位露丝夫人是谁？"昆不安地追问。

"这位女士可是这一带的名人。"克莉斯说，"她是一个传说中的女巫。天哪，你居然见到露丝夫人了！我早该猜到的！"克莉斯看着昆，激动地来回走动着，像是中了邪。昆不知道她到底是表示吃惊还是羡慕。

"什么？一个女巫？"昆疑惑地问。

"快点，快告诉我，到底是怎么回事，我要听完整的版本，不要漏掉任何细节。"克莉斯在昆身边坐下，语气急迫地说。

"可以，不过你得先告诉我关于这个露丝夫人的事情。"昆坚持道。

"红袍女巫露丝夫人是一个在这里家喻户晓的人物，据说她是一个生活在荒野中的女巫，专门靠吸取血液生存。没有人真正见到过她，除了几个爱吹牛的牛仔。听说她经常在荒野中用幻术引诱经过的路人，然后吸取他们的血液。"

昆浑身一阵发冷："真的吗？然后那些路人呢？"

"他们被抽干血液后，尸体会被她埋在荒野中，没有人知道那些人究竟被埋在哪里。大多数时候他们的家人都会以为他们失踪了。"克莉斯眼睛闪烁着兴奋的光芒，好像她并不是在讲述一件可怕的事情。

"既然没有人见过她，也没有人找到过尸体，那大家如何辨别这件事的真伪？"昆质疑道，可是心里却想起了露丝酒庄那淡红色的葡萄酒。"而且我不是也好好的吗？"他接着反问道。

"据说有一次一个男子的车辆抛锚了，他步行去寻求援助，把他年幼的女儿留在了车上，那个女孩儿只有七八岁吧。她很久都没有见到爸爸回来，就冒险出去找他，结果撞到了露丝。听说那个女孩儿躲起来没有被发现，露丝吸取完女孩儿爸爸的血液后，带着那具尸骸走了，直到女孩儿被路过的人发现，大家才知道了这个故事。"

"那个女孩儿呢？"

"不知道，听说她不是本地人，事情发生后就被人接走了。这是六七十年前的故事了。"

"所以没人能证实这个故事？"昆疑惑地问道。

"喂，我说过这些都是本地人的传说。老实说，要不是碰到你，我对这故事也是半信半疑，"克莉斯辩解说，"可是，你不是见到她了吗？所以看来的确有这么回事。快，赶紧告诉我，所有的事情都要讲给我。"

她紧紧抓住昆的手臂，声音激动得有点发抖，好像有人无意中遇到了她一直渴望见到的偶像。

昆只好简要告诉了克莉斯他的奇特经历，不过昆并没有跟她说晚餐后发生的事情，因为他仍然不敢完全确信那件事情真正发生过，他觉得有些尴尬。

"这个女巫的传说一定不是事实。我刚才说的很可能只是我做的一个奇怪的梦罢了，毕竟除了那种香味，没有留下任何证据。而且不管怎么说，我不是还活着吗？所以并不存在一个荒野里的吸血女巫。"昆觉得自己似乎在努力辩解，为了他自己和露丝夫人。

"或许你转化了她。"克莉斯思索着。

"转化？我？"昆有点摸不着头脑。

"是这只手吗？"克莉斯拉着昆的手臂。

昆只好点点头。

克莉斯庄重地闭起眼睛，然后她俯下身，把鼻子凑近他的手臂，沿着手指闻到肩膀。抬起头后克莉斯仍然紧闭双眼，好像在仔细辨察着什么。

昆迅速闻了闻自己的手臂，他什么也没有闻到，那种香味早已经不在了。"你闻到什么了？"等克莉斯睁开眼，昆问。克莉斯笑了笑没有回答，她低头拨弄着篝火。"怎么了？你在想什么？"看到克莉斯不出声，昆反而有点不安。

"没什么，我在想你刚才说的那个故事。真有趣，或许露丝夫人和大家所说的不一样，或许她并不是一个吸血女巫，或许她只是一个寂寞的女人，在荒野中等候那些和她有某种特殊缘分的人。"克莉斯用了connection这个词，表示缘分。她没有再接着说下去，而是坐在篝火边陷入沉思。克莉斯的话让昆想起了关于化鲸的故事。

"喂，克莉斯，你没事吧？"过了好一会儿，看到克莉斯仍然沉默不语，昆问。"没事，我很好。只是我很羡慕她。"克莉斯说。"露丝夫人？为什么？"昆不解地问。"我希望能够像她一样，遇到一个跟我有这种特殊缘分的人。"克莉斯的声音变得低沉起来。

"克莉斯，你想不想和我一起去哈利法克斯？"昆突然问道。说完他被自己的问题吓了一跳。"我的意思是，剩下的两千多公里路程，我们可以做伴旅行。"

"我希望我可以。"克莉斯低头拨弄着篝火。"你父亲不会同意你去旅行？"昆问。"如果我去了，不知道我还有没有机会再回到灰石镇。"克莉斯抬起头来。她慢慢摘下头发，昆震惊地望着克莉斯光秃秃的头顶。

"我明天要进行第三次化疗。"她的语气很平静，像是在讨论一件和自己无关的事情。昆觉得这次旅行像是草原上多变的天气，片刻之前还是阳光灿烂，又在瞬间变得阴云密布。

"我很抱歉，我……不知道你的情况。"昆嗫嚅道。克莉斯微笑着摇摇头，她的双眼饱含泪水。

拉里终于把车子修好了，克莉斯把昆载回到他的车边。昆把赤龙放进车里，他从背包里拿出笔记本，写了自己的电邮地址和电话号码，把纸撕下来折好，交给克莉斯。他想了想，把后视镜上悬挂着的那尊象鼻神的小雕像取下来，一起交给克莉斯。

昆望着克莉斯恳切地说："克莉斯，不要担心，一切都会好的。希望我们能很快再见面，如果你来温哥华的话，一定要联系我。"克莉斯点点头，她没有说什么，对昆伸开双臂。两个年轻人紧紧拥抱道别，像两个相识已久的老朋友。

过了很久，昆还在后视镜里看到克莉斯跨着摩托车的身影，她没有戴头盔和发套。

　　不知为什么，昆觉得自己像是把一位家人留在了旅途当中。他一路上不断想起独自站在路边的克莉斯，和她所说的关于露丝夫人的故事。他有一种无法证实的直觉，他觉得化鲸、赤龙、露丝夫人和克莉斯之间或许有某种奇特的不为他所知的联系，所以当他告诉克莉斯一切都会好的时候，昆觉得他是在安慰着露丝夫人和克莉斯两个人。

　　当然，他同时也是这样告诉自己的。

第十二章
玛拉

昆把车子停在蒙特利尔皇家山山顶的观景台边。

他经过一群正在拍摄结婚照的年轻人，随后独自站在观景台，贪婪地俯瞰着蒙特利尔的美丽景色。蒙特利尔是座精致和美丽的城市，和温哥华的景色不同，温哥华像是太平洋岸边的一个多种族的混血城市，蒙特利尔看上去则更像一个传统的欧洲城市。

从这里到哈利法克斯还有一千多公里。他端着一杯咖啡，俯在栏杆上发呆，盘算着接下来的安排。他看了看表，时间接近九点半。从早上五点就开始了这一天的行程，到达蒙特利尔的时候是早上八点半。这个时间有点尴尬，昆犹豫着是在蒙特利尔逗留一日，次日早上再出发，还是现在继续赶路。

"劳驾年轻人，能麻烦你给我们俩拍一张照片吗？"昆身后有人问。

他转过头，一对跨骑在崭新的单车上的中年男女站在他面前，两人都穿着紧身的单车服，戴着头盔，男子戴着黑框眼镜举着手机，对着昆示意，他身边的中年女子戴着墨镜，笑吟吟地望着他。

"噢，当然没问题。"昆爽快地答应。

拍完照片，昆和他们俩聊了起来。对方是一对姓蒙克的夫妻，他们告诉昆，三十年前，他们俩正是在蒙特利尔的皇家山订婚，今天是他们的结婚纪念日，所以特别回来这里故地重游。

当他们得知昆的旅行计划后，那个男子兴奋地说："哈哈，我们看来真是找对人了！我们俩都是动物保护主义者，今天下午我们会在家里举办一个小型家庭派对，来参加的很多都是志同道合的朋友，如果你能来参加聚会，我们会很荣幸。"乔治·蒙克诚意邀请昆。昆没有其他的安排，就爽快地答应了他的邀请。

接近中午的时候，昆按照乔治告知的地址如约而至。这条街道两边都是联体公寓，虽然所有的住宅都连着，但每一所住宅都漆着不同的颜色。昆拎着冷藏箱来到一个草绿色的门前，按下门铃，隔着门也能听到里面的音乐声。

门刚打开，鲍勃·马里的歌声扑面而来，和鲍勃·马里一起出现的还有戴着黑框眼镜的乔治。他热情地对昆伸出手："太好了，昆，欢迎你，很高兴你能光临。"

乔治的太太萨拉紧跟着出现在门口。她戴着宽大的黑色墨镜，身穿绣着金色花边的白色过膝休闲套服，精心修剪过的金黄色的半长发，随意散落在肩上。身边的乔治同样一身休闲打扮：天蓝色的名牌衬衫，靠近颈部的几个纽扣松开，金色短发在强力发胶的帮助下被塑造成蓬乱的造型。

"这里面应该就是赤龙对吗？"萨拉惊喜地望着昆手中的冷藏箱，她蹲下身，把手放在箱子上轻声问道，像是担心惊醒一个熟睡的婴儿。

"对，你想不想看看？"昆不由得跟着降低了音调。"可以吗？"萨拉期待地问。昆打开冷藏箱，萨拉目不转睛地看着冰块下露出的赤龙的躯体，她小心地把冰块挪开一些，让赤龙的整个躯体呈现在她眼前。

"天哪，它真是个漂亮的姑娘。"萨拉喃喃自语道，好像看到了一位电影明星。

乔治在萨拉身旁俯身看着赤龙，他惊叹道："He is such a beast!（他真是个怪兽）"昆明白乔治说的beast（怪兽）是对那些精力无穷的男子的一种赞赏。萨拉赶忙纠正他说："这是个小姑娘。"

"我来把它安顿好。"萨拉把冷藏箱拿进里屋。"哦，对了昆，抱歉，我忘了告诉你，今天来参加派对的都是素食主义者，希望你不介意。"她面带歉意地说。"哦，没关系。"昆并不在意，他吃了一路的快餐和简易食品，这时候任何家里准备的食物对他来说都是美食。

昆和乔治来到屋里，大部分来客都和蒙克夫妇年龄相近，只有几位年轻人，看上去像是其中一些来客的子女。小区院子中有一个不大的公用泳池，围着泳池站着不少人，在高声谈笑着。乔治兴致勃勃走到院子里，从现场乐队手中拿过麦克风。

"请允许我介绍今天到场的一位特殊来客。"乔治拉着昆面对众人，"这是来自温哥华的昆，他前几天从温哥华独自驾车来到蒙特利尔，他的终点站是哈利法克斯。昆离开温哥华，横穿加拿大只有一个目的，"乔治停下来，卖了个关子，"在场的有谁能猜到？"他大声问，并把麦克风朝向观众。

昆看到人群中有一双黑色的眼睛正凝视着自己，是一个年纪和自己相近的女孩。女孩穿着白色长袖衬衫，一头黑色短发。昆觉得她的目光和周围的人明显不同，好像她既不属于这个群体，也不享受这个派对。

"他受够了下雨天？"有人大声回答道。众人一阵哄笑。

"哈哈，你们完全猜不到，这是一次难以置信的动物救援行动！"乔治刻意停顿了几秒钟，扫视着周围好奇的目光，随后得意地宣布："昆从温哥华的一个餐厅里拯救了一只叫作'赤龙'的哈利法克斯龙虾，他准备把那只幸运的家伙带回大西洋。"说完，乔治高高举起白色冷藏箱，像是托起斯坦利杯。

听到这个消息，围拢着的人群像集体陷入某种奇怪的催眠，他们呆望着那个沉甸甸的白色冷藏箱，安静了半秒钟，随后异口同声地欢呼起来。

"赤龙！赤龙！"人群团团包围着昆，无数的酒杯向他伸过来。有几个家伙把他举了起来，向游泳池边走去，昆知道大事不妙，不过他还没来得及挣脱就被抛入了游泳池中。昆湿漉漉地爬出泳池，乔治拿着一条大浴巾大笑着递给他。"今天来派对的都是我们的朋友，很多人都是动物保护主义志愿者，你来对了！"

昆笑着点点头，虽然他心里并不能确认乔治所说的那种认同感，可不管怎么说，他还是挺喜欢这个派对的气氛。昆戴着金红色的泳镜，半躺在泳池边的沙滩椅上，被太阳暖洋洋地烘烤着，周围的音乐声和笑声好像越来越大，昆惬意地享受着阳光和这段美好的时光。

一个白发苍苍的男子拿着两杯葡萄酒走到他身边，递给他一杯。"你好，年轻人，我是西蒙斯。你的旅行真是个有趣的想法。你属于哪个动物保护组织？"白头男子说。

"谢谢您，我没有参加什么组织，其实我也不算是个动物保护主义志愿者，只是突然有这么一个念头，就这么做了。"昆老实回答道。

"是谁说冲动是魔鬼来着？"西蒙斯说。昆咧嘴笑了起来。"您也跟他们一样，是动物保护主义者？"昆指着周围的人问道。

"我们都是FAW的成员，动物福利之友会。"西蒙斯对周围扫视了一眼。"说到海洋生物，我们现在正在游说立法，要求餐饮行业在处理海洋生物前，必须采取方法避免它们的痛苦。你应该看看那些餐厅是怎么虐待鱼类和龙虾的。"西蒙斯痛心地说。

"是的，我听说龙虾被煮的时候会尖叫，真是残酷。"昆想起陆安说的故事。

西蒙斯咧嘴笑了起来："这是一种误解，其实龙虾没有声带，不会发出声音，人们说的所谓的龙虾叫声是蒸汽从龙虾硬壳中溢出时的声音。"

"所以您觉得它们不会在沸水中感到痛苦？"昆疑惑地问。

"当然会有痛苦，但是从某种角度这无法避免，因为如同人类使用动物作为娱乐一样，食用动物也是人类的一种基本行为，无可避免。我们应该做的是避免虐待动物，尽量避免让它们受到不必要的痛苦。"西蒙斯回答道。

昆不解地问："所以您不反对屠宰龙虾？"

西蒙斯回答说："我反对非人道的屠宰方式。请允许我以龙虾为例，为了找到龙虾的正确屠宰方式，我曾经请教过很多科学家、有经验的渔业专家。我找到了很多能让龙虾避免痛苦死亡的方法，包括如何选择正确的刀具和角度，准确地切开龙虾头部，或者用逐渐升温的水而不是沸水煮龙虾。只是这些方法仍然存有争议。最安全快捷的处理方式是电击法，英国有专门制造的龙虾用电击器，只需半秒就能无痛杀死一只龙虾。唯一的问题就是很难说服每家餐厅都愿意投资两千加币购买这样的一台专用电击器。不过我最后还是找到一个既人道主义又免费的方法，想不想知道这个秘诀？"

说到这里，西蒙斯得意地望着昆，还没等他回答，他得意地说："龙虾瑜伽。"

昆完全不知道他在说什么："龙虾瑜伽？"

西蒙斯深深点头："没错。很简单，把龙虾放在砧板上，用你的食指轻轻按摩龙虾两眼之间，上下来回轻轻按摩。没错，就这样。"说着，西蒙斯轻轻用食指在昆两眼间上下按摩着，动作轻柔。

西蒙斯声音很温柔："就这么按摩，大概十分钟左右。等你看到挣扎的龙虾放松下来后，把它倒转过来，用它的头部顶在砧板上，尾部朝上倒立，你肯定见过瑜伽里的这种姿势，倒立的龙虾很快就会被催眠。"

昆问道："然后呢？"

西蒙斯松开按摩的手指："剩下的就很简单了，把水烧开，把龙虾轻轻提起来放进沸水。我向你保证，龙虾一定不会发出尖叫声。在我的游说下，已经有二十多家餐厅开始使用这种人道主义的屠宰方式。"说完，西蒙斯得意地喝了一口深红的葡萄酒。

两人正聊着，萨拉过来邀请他们一同到屋里，她的表情带着几分神秘。

昆刚一进屋就看见参加派对的几十号人或坐或卧，在大厅里横七竖八地散布着。乔治竖起一根手指示意他不要出声，昆只好就地坐下。他发现客厅当中的茶几像是祭坛一样，四周摆满了鲜花，装点着各种食物和点燃的蜡烛。人群围绕在茶几四周。

刚才兴高采烈的表情都消失不见了，众人有的闭目，有的低头嘴唇翕动着。萨拉悄悄走到昆身边坐下，她的脖子上多了一串长长的珠子。

"大家在为赤龙和你祈祷，希望你们能够顺利到达终点。"

昆吃惊地望着萨拉，他小声问："你们早就安排好了？"

"没有，刚才乔治告诉大家你的故事，他们很多人很希望为你们做些什么，所以你在外面休息的时候，大家临时决定做这样一个仪式为你们祈祷。"萨拉带着一脸虔诚的表情，看得出来她没有任何开玩笑的意思。萨拉说完，走回乔治身边，盘腿坐下闭目凝神。

有人在昆身后轻轻捅了他的背一下，昆转身看到那个黑发女孩朝屋外努了努嘴，然后走出房间。趁着没人注意，昆悄悄走到屋外。

"你能带我一起离开这里吗？去哈利法克斯或者任何地方都行。"女孩一张口吓了昆一跳。她卷起衬衫袖口，把手臂伸到昆面前，昆看到很多条大拇指长度的伤口，有些看上去是新的创伤。他顿时明白了她的情况。

"你想离开这里？"昆问道。

"如果不离开这里我很快就会死去，"女孩说，"我在这里没有同类，也没有人在乎我到底发生了什么。你如果答应的话，我想今天就跟你一起离开蒙特利尔。"女孩嚼着口香糖平静地说，好像她已经做好了一切准备。

"你难道不需要跟家人打招呼？"昆犹豫道。

"我会告诉他们的，你放心，他们不会在乎，实际上我的父母一直希望我能尽快从家里搬出去。"女孩说。

"他们也在这里？"昆问。

"对，就是乔治和萨拉，今天是他们的结婚纪念日。顺便介绍一下，我是玛拉。"黑头发的玛拉从相貌上看似乎和蒙克夫妇没有任何相同之处。

不知为什么，当昆看到玛拉手臂上伤痕的那一瞬间，他心里有个声音已经接受了这个女孩的提议，但是这毕竟不是带一条龙虾上路。

"可是，你到了哈利法克斯有什么打算呢？"她漫不经心地问道。昆觉得她其实并不期望他会回答。

"我并不是离家出走，只是出门旅行而已。"玛拉辩解道。

"你的父母肯定会担心你的下落，他们会去报警的。"昆善意提醒她。

"嘿，我说过了我不是逃走，我会跟他们解释的，实际上他们早就有这个准备了。"玛拉有点不耐烦地说，"如果你觉得不方便的话就算了。"她准备转身离开。

"等等。"昆低头看了看手表，"如果你真的这么打算，我可以晚上七点在皇家山公园门口等你。我的车子是一辆红色的大众野营车，顶上有一条皮划艇。抱歉我的手机在半路弄丢了。"

"我知道你的车什么样，刚才你来的时候我见到了。"玛拉的眼中放出欢喜的光芒。

"我只有一个要求。"昆说，"必须是乔治或者萨拉送你来和我会合，我得知道他们同意。"

"当然。"她眼中泛出笑意，飞快地拥抱了昆一下，转身跑进屋里。离开蒙克家的派对，昆在市内补充了一些接下来旅行所需的食品和水。七点差十分的时候，他来到皇家山公园的门口。到了七点钟，玛拉仍然没有出现，昆只好继续耐心地等待。

七点半的时候，一辆黑色宝马车停在他的车子旁边，乔治从车上走下来，副驾驶旁的车窗和后车窗摇了下来，萨拉戴着墨镜坐在副驾驶座位上，眼睛没有看昆，只是呆呆地看着前方。

乔治表情严峻地走到昆的车窗边："昆，很抱歉！玛拉没法和你一同旅行了，她还有些安排需要在暑假完成。她想来和你道别，祝你旅行顺利。"说完他径直回到车上，宝马车平行停在昆的车旁，发动机没有关，坐在后排的玛拉却始终低着头，没有看昆一眼。停留片刻后，宝马车从昆车边离开，昆注意到玛拉穿着长袖上衣，袖口一直拉到手腕处。

仿佛等待玛拉重新出现，昆在黑暗中继续停留了很久，等天色完全变黑，他才离开皇家山向城外驶去。

第十三章
金红色的眼镜

昆赶到魁北克的时候，还没有到午夜。

昆在魁北克老城里兜兜转转，希望找一个歇脚的地方。或许是因为假期，大部分的酒店客栈都挂着客满的标志。其实他并不打算在魁北克逗留一晚，因为日落后才离开蒙特利尔，刚开了几个小时，昆打算继续向东走一段再休息。

他把车子停好，沿着老城的鹅卵石街道寻找可以吃晚饭的地方。可即便是假期，大部分的餐厅也已经停止了当日营业。空着肚子在老城起伏的街道上徘徊了很久之后，昆信步走到码头旁边的一条街上，沿街商铺都已经挂起了停止营业的牌子，只有道路尽头有一家小店还亮着灯。他急忙走过去，看起来老天眷顾，他居然找到了一家尚在营业的快餐店。

这是一家法式薄饼店，香甜的味道从店里飘散到夜晚空荡的街道上。昆一连吞下两份薄饼，终于重新找到了力气。除了里面的馅有几种不同的搭配，法式薄饼有点类似煎饼果子。

因为到城里的时候已经是深夜，所以昆虽然在城里兜转了半天，但对这个城市并没有完整的印象。看到快餐店的服务员已经开始收拾桌子，他准备起身离开，结账前他又点了一份薄饼打包，打算作为夜宵。

"请问附近有什么地方可以看看这个城市的风景？"他问服务生。

"向前两条街后面有一个公园，正对着劳伦斯河。白天晚上各有风景。"服务生手挂着吸尘器说，"不远，也就十分钟左右的路程而已。"

离开薄饼餐厅，昆按照服务生的指引，沿着街道一直向前走，果然，十多分钟后他来到一处宽敞平坦的空地，看起来应该是个公园。半夜的公园早已不见游人踪影，昆从小不怕黑，相反他有点喜欢在黑夜中一个人行路的感觉。

他穿过草地来到岸边，两门铁铸的古炮下是宽阔的河面，河水缓缓流动，安宁而静谧。夜风中，魁北克的一侧和对岸的夜景一览无余，星星点点的灯火在寒风中忽明忽暗，远处传来离港船只悠长低沉的汽笛声。

昆竖起衣领，趴在栏杆上眺望着黑夜中的景色，不知是不是薄饼的糖分太多的原因，他开始觉得有些瞌睡。不远处突然传来一个男子的声音："他们说我不属于这里。"

昆循声望去，不远处黑暗中一个身影蜷曲着半躺在长椅上。昆没有出声，他猜是有人在打电话。他继续欣赏着夜色中的魁北克城。

"而你其实也一样。"男子继续说，声音很清晰，听起来不像是在打电话。

"抱歉，您是在跟我说话吗？"昆对着黑影问道。

"你以为你做了所有应该做的，可是他们还是会这么告诉你，你不属于这个地方。"男子好像没有听到昆的问题，继续高声说。

昆猜想对方或是酒醉或是陷入幻觉的流浪汉。那个身影站起身朝着昆走过来。出乎意料，对方是一个穿着整齐的中年男子，看上去不像是个流浪汉，除了他的头发湿漉漉地塌在额头——他看起来好像刚从水里出来一样。

"给你。"男子塞给昆一个酒店钥匙房卡，"如果你想找地方过夜。房间已经预付过费用了，我不需要了。"他从昆手中接过打包的薄饼，"这样也算是公平交易，谢谢。"那个男子说完，摇摇晃晃地沿着河边向黑暗中走去，"房间号码是911。"随着话音，那个身影消失在夜色中。

昆目瞪口呆地站在河边，他看着手中的房卡，房卡上写着尚邸酒店。他犹豫了几分钟，盘算着是继续赶路，还是在这里待一晚再走，好奇心和困倦终于占了上风。

半小时后，昆按照房卡上的地址把车子开到了酒店门口。车子到了目的地，昆吃惊地发现这里居然是一个古堡。恢宏的建筑矗立在一个高地上，俯瞰着魁北克老城。

显然这是一家颇有历史的酒店，铺设着巨大地毯的大厅，色调沉稳而高雅，随处可见的古董家具讲述着这座建筑显赫的历史。

昆走进酒店大堂，他注意到酒店的古董落地大钟刚好指向午夜零时。大厅里除了几位服务人员在柜台后埋首工作，见不到其他住客。昆拎着冷藏箱来到911房间门口，开门之前，他仔细侧耳听了听房间里面的动静，没有听到任何声音，便试着用钥匙打开了房门。

房间内收拾得很整齐，好像没有人住过。天鹅绒的窗帘紧密地闭合着，墙角的阅读沙发旁亮着一盏落地灯，写字台上放着一张精致的卡片，上面手体书写着一行字："尊敬的黑狄斯先生，欢迎您再次光临酒店，预祝您旅程顺利，并期待您对我们服务的反馈。"下面是酒店总经理的签名。昆突然想起生日晚餐那天，琼告诉他的那个故事中的男子。

看来这位黑狄斯是这里的常客。昆拉开窗帘，魁北克的夜景一览无余地展示在窗外。昆打开冷藏箱，里面的冰块还是满满的，看起来赤龙的状态不用担心。

昆心里快速算了一下，如果明天早上出发的话，大概晚上他就可以到达旅行的终点哈利法克斯。想到目的地很快就要到了，昆心里充满了愉悦。

他躺在宽大的古董床上，翻看着床头柜上的一本关于酒店介绍的画册。显然他没有猜错，这个古堡最早由全国铁路公司所建，曾经名噪一时，是当地最著名的地标建筑和经典酒店。翻看着图册中关于这个古堡的黑白历史图片，他突然觉得这个地方似乎很熟悉，虽然他可以肯定自己从没来过魁北克。

或许自己曾经到访过类似的古堡吧，他这样想道。一张泛黄的图片吸引了他的注意，照片中几十位华人筑路工人手持工具站在铁轨旁，他们看起来神情凝重，身后的铁轨延伸到远方。

昆起身走到浴室，看到浴缸里已经放满了水，他跨进浴缸，满足地浸泡在热水中。经历了一天奇怪的行程，这个热水浴来得正是时候。他把一块毛巾垫在颈后，惬意地让自己在浴缸中松弛下来，一些水滴顺着手臂上的文身处流下来。

他摸到洗漱包，拉开拉链摸索着，想找一个浴帽戴上，手指却无意中摸到一个光滑的镜面。昆顺手拿出来，是那副金红色镜面的游泳镜。昆摆弄着那副金红色镜面泳镜，想起了高中的那段日子。周围的人几乎都不知道他曾经经历的那段时光，他把很多令人恐惧的念头都倾诉在了日记中，这些日记后来被他付之一炬。

他的父母和学校里的人都没有发现他手臂上的伤痕，只有一次，他母亲来温哥华无意中看到了，昆只是轻描淡写地告诉她，那是上体育课留下的刮痕。他记得她完全相信了他的谎话。在周围人的眼中，昆是一个再正常不过的高中男孩，成绩稳定，和同学关系良好，性格开朗，参加游泳队和其他课外活动，没有人担心过他有任何问题。

高中三年，昆的这个秘密只有一个人知道。同样来自中国移民家庭的钟山和昆同属一所高中，他们是同班同学，钟山是昆在高中时代关系最要好的朋友，他们同属一个游泳队。钟山的母亲在温哥华陪读，这和昆有所不同，他在温哥华住在自己家中。昆常到钟山家做客，也认识钟山的母亲苓。

昆记得钟山说过，他母亲在国内原本是一个大学教授。在昆记忆中苓是个颇为沉默的人，除了安排钟山的生活之外，她总是独自在客厅里读书。钟山和他母亲的关系和大多数高中学生差不多，虽然生活在同一个屋檐下，但是交流有限，大部分对话内容仅限于肤浅的日常生活，好像两人活在各自的维度中。昆对这种家庭关系并不陌生。

后来，钟山的精神状况在高中第二年的时候变得比较严重，有几次他在学校里忽然无缘由地情绪失控。他常常轻易在瞬间变得暴怒不已。

在校方的督促下，他参加了学校的心理辅导课程，但情况并没有明显好转，钟山的母亲在心理辅导老师的建议下，送他去看了专业心理医生，医生给他开具了一些抗抑郁的药。

昆还记得钟山的那些白色小药片按日期分放在小塑料格里，他多次见到苓端着水杯督促钟山服药。昆不知道自己是否应该庆幸，那段时间他的父母并没有生活在他身边，但是他知道，如果他的父母在温哥华，他的情况一定躲不过他们的眼睛，所以极有可能他也会面临每天服药的生活。实际上，服用抗抑郁药物在高中学生中间并不罕见，他甚至知道有些同学早在高中之前已经有服用此类药物的经历。

一年后，学校组织学生去北温的深水湾旅行，钟山在湖中意外溺水身亡。他当时和大家一起下水游泳，活动结束后大家都回到岸边，钟山告诉昆他的游泳镜放在湖中央的浮动跳台忘了取，他返身向湖中央游去，但是他再也没有回到岸边。

校方和警方都判定那是一起意外，钟山的母亲也接受了这个结论，只有昆认为钟山之死并不是一起意外，虽然在接受警方和校方调查的时候，他并没有过多提到他所了解的情况。

对他来说，在钟山死后披露他生前所经历的痛苦和挣扎，不会改变斯人已逝的事实，只会徒增他周围生者的痛苦——昆觉得包括自己，周围的人永远不可能了解钟山所经历的挣扎。

钟山死后不久，苓离开加拿大返回了中国，学校里很少有人再谈论起这个中国男孩。有时候昆怀疑，对周围的人来说，钟山像一个从来没有存在过的人，像一颗没有人留意过的流星，在黑夜中无声无息一闪而过。

钟山死后，昆一直保存着他的那副金红色镜面游泳镜，直到现在昆还在使用那副泳镜，但是昆始终尽量避免回忆高中那段日子和钟山的故事。

想到这里，昆把那副泳镜戴上，他看到四周一切变成了熟悉的灰蓝色，像是回到自己的家中。昆把头埋入浴缸水中，随着气泡从灰蓝色的水中连串冒起，那些记忆像是按下了停止键，终于戛然而止。

第十四章
水穷之地

离开魁北克的那个清晨，昆从车里回望着城市，古堡酒店矗立在小山坡上，看上去像是童话书中的乐园。下午两点昆到了图乐，印第安人把这个地方叫作河流穷尽的地方，大概就是"水穷处"吧，反正昆是这么理解的。

水穷处是个小城，昆准备简单补充些食品和冰块，稍事休息就继续上路。他正在超市排队等候结账，听到排在前面的两个年轻男孩的对话。

"你压根想不到图乐居然有这样的地方，真是太酷了。"头戴棒球帽的那个男孩激动地说。

"是啊，我们昨天居然没有带相机，太可惜了，那个地方完全可以拍一部恐怖片啊。"另一个男孩附和道。他头顶漂染着几束白发。

"韦恩，我后来打听了，那座宅子原来的房主是一个电影演员，听说还是很有名望的一个家伙，后来他事业垮了付不起房贷，那地方就一直荒在那里。"棒球帽说。

"我们应该再去看看，说不定那座房子里还有其他秘密。"白毛韦恩提议说。

"我可不这么想，不知道为什么，我觉得那个地方有点瘆得慌，昨晚上我做了一晚上噩梦。"棒球帽摇头。轮到他们两个付账，他们走到收银员前。

"一共是十四块五毛三。你们刚才在讨论关于曼森宅子是不是？"收银员一边打单一边问，他看上去和两个年轻人差不多大。

"是啊，你去过吗？"棒球帽问。

"几年前有人带我去过，那地方真是有点古怪。"两人付了钱离开了超市，昆有点好奇他们说的那个地方——听起来应该是附近的某处地点。

"你知道他们刚才说的那个地方在哪里吗？"昆一边刷卡一边问收银员。

"你说曼森宅子？当然知道，出门沿着阿瑟街一直往西，过了理查森公墓继续开五分钟，图乐高中后面的那座小山顶上有座黑色的房子，很远就能看到它。"收银员把收据递给昆。

"那是一处废弃的住宅？"昆继续问道。

"一个20世纪60年代电影明星曼森的私邸。他后来欠了一屁股债被人催债，自己纵火后一直荒废着。"收银员漫不经心地嚼着口香糖，"要塑料袋还是纸袋？"

"纸袋，谢谢。那个电影明星呢？"看到身后还排着几个顾客，昆抓紧时间问。

"纵火那天曼森自己没有逃出来，也有人说他不是纵火，而是吸毒后不小心失火烧死了自己。下一位。"收银员高声说。

昆出门开车到了阿瑟街，往高速公路方向应该是路口右转，他犹豫了片刻，把方向盘朝左边打去。昆知道这里离哈利法克斯只有两三小时不到的路程，所以他并没有迫不及待地向终点冲刺。刚才听到的故事难以抑制地引诱着他。

按照刚才超市收银员的指示，他果然经过了一块墓园，平整的草地上星星点点地散布着一些平铺的墓碑，如果不注意的话他差点以为自己经过了一个小公园。车子驶过公墓没多久，便来到了一所学校。因为是暑假，校园里空荡无人。

校园后方的小丘陵上长满了灌木丛，昆看到山顶的灌木丛后露出一座有尖顶的黑色建筑。昆顺着小路一直开到山顶那座房子前。这是一座破败不堪的砖木结构房屋，灌木丛已经突破了围墙，生长到了屋子四周，原本黑色的墙壁斑驳不堪，很多地方画着涂鸦，灰色的木瓦房顶有些地方的瓦片已经不见了，红砖烟囱背阴的一侧居然生满了苔藓。

昆在房子前停下车，走到门口，推开虚掩的房门。一股霉味扑鼻而来，各种遗弃的物品碎片和残存的家具散布在屋里。

转了一会儿后，昆有点失望地准备离开。经过一个房间时他无意看到里面的墙壁上似乎有一些红色的涂鸦。他走进房间，震惊地发现四面墙上画着一只巨大的海洋动物残骸，大概是鲸鱼或某种大鱼，巨大的赤红色的骨架环绕着四面墙壁。

昆站在房屋中间，面对四壁转动着身体看那幅涂鸦画，随着他身体的转动，一阵眩晕感向他袭来。昆停下脚步等候那种眩晕感消失，这时他面前那个赤红的巨大物体却开始游动起来，昆想努力看清楚，却徒劳无功。那东西像是一只化鲸，又好像是龙虾蜕下的硬甲。昆被那个庞然大物盘旋围绕着，那片红色变得越来越强烈，他像是被卷入了赤色的漩涡中，整个房屋似乎燃烧起来，昆甚至觉得闻到了浓烈呛鼻的烟味和燃烧味。

有一瞬间，他挣扎着想从背包里掏出那副泳镜戴上，像是希望把炙热的火焰用冰水扑灭，他猜那副镜片或许能让他瞬间回到那个他所熟悉的灰蓝色的世界，在那个熟悉的世界里，什么意外都不会发生，只有他再熟悉不过的那种沉寂。可是他很快便放弃了这个打算，他也放弃了一切挣扎和努力。

一阵风沿着破宅子的残窗吹进房间，在空荡的宅子里发出低吟声，像是有人在屋里某处痛苦地呻吟着。

午后的窗外，阳光灿烂夺目，但在泳镜中看上去像是清冷的月光。就在一瞬间，昆突然好像记起了什么，这个房间和墙壁上的涂鸦似乎突然唤醒了他内心深处的一些记忆。

他心中涌起一阵熟悉感，这时他听到一个男子的声音："我奶奶死在这个床上，我妈也死在这个床上，我也会死在这个床上。"

昆没有回头寻找那个声音的来源，因为他知道那是他自己的声音，那是他记忆的一部分。一切仍然在旋转，化鲸白色的骨骸、游动的巨鲸、艰难爬出硬壳的龙虾，他眼前不断变换着这些画面。

昆觉得自己似乎在飞速回溯着一次又一次的生和死，眩晕中他见到自己从那座熊熊燃烧的火宅中飞升出来，在巨大的自由感中俯瞰着那座烈火中的房子塌陷，最终成为灰烬。

阳光投下的摇曳的光影中，昆睁开双眼，他惊讶地发现自己躺在一所白色公寓的长沙发上，身上盖着一条毯子。接近中午的阳光中，窗外的树影摇曳着，阳光照在他的脸上。

明亮的光线中，房间里极为安静，昆隐隐约约听到外面传来海浪的声音，他急忙站起身朝窗子走去。刚起身他觉得有点眩晕，他赶忙定了定神，却惊讶地看到窗外正对着一片蔚蓝色的海湾，不远处有一座灰色的过海大桥连接着对岸的城市。

　　昆回头看到房间的餐桌上放着自己的背包和冷藏箱，冷藏箱下压着一个信封，他的车钥匙放在一旁。他打开信封抽出一张卡片，上面潦草地写着："昆，多谢你让我们搭车。昨天晚上很开心，希望你宿醉不会太严重。我们要晚上才回来，车子在楼下停车场，祝你旅途顺利，离开的时候钥匙留在信箱就好了。寒山和拾得。"

　　昆这才想起来叫作寒山和拾得的两人，是他昨天最后一程路上结识的两位旅伴。他在从图乐到哈利法克斯的路上，捎带了两个在哈利法克斯读东方文学的年轻人。两人自称寒山和拾得。

　　昆依稀记起来，他们到了哈利法克斯后，两人为感谢昆，还和他一起到一家叫作皇朝的中餐馆吃饭。昆因为开心多喝了几杯，除了餐厅门口那个红色的龙形霓虹灯标志和喧哗声外，其他发生的事情，昆完全记不清楚了。

　　昆没有急着离开，他耐心地等着宿醉消失。傍晚的时候，强烈的疼痛感已经褪去了，昆拎着冷藏箱离开了那地方。他来到哈利法克斯南部郊外的一处海湾，佩吉湾灯塔是哈利法克斯的一个地标建筑。从很远的地方就能看到佩吉湾灯塔白色的巨大塔身矗立在花岗岩石海岸边。黄昏时刻卷曲的金红色的火烧云布满了天空，红光倒映在海水中，整个世界像是在燃烧，白色灯塔像是一枚灯芯。

　　昆经过灯塔走到海边的一间商店，很快和店主谈好了租船的价格，店主带着他来到一条带着黑色引擎的白色小艇边。发动引擎后，小艇背对灯塔和岩石海岸旁的村落，疾速向大海深处驶去。

离开海岸几百米后，昆熄了火，小艇在海中减速停下。他打开冷藏箱，从冰块中拿出赤龙。他把赤龙放在垫着湿布的甲板阴凉处，赤龙没有任何动静。

昆耐心地坐在一旁静静等待，过了很久，不知是因海风的吹拂还是船体的摇晃，赤龙的两条长长的触角似乎轻微地动了动，但是赤龙的身体却还是冰凉的，而且没有任何反应。昆有点担心，他俯身从海里捧了一点海水洒在赤龙身上，保持它身体的湿度。

好像过了很久，甲板上的赤龙仍然没有动静。昆把它捧起来，俯身趴在船舷边，让海水轻轻溅湿着赤龙。突然，昆感到手中的那个硬壳下的身体开始有了反应，慢慢地反应更加明显了，赤龙的几只步行足开始在他手掌上滑动。

昆用手捧着赤龙，把它浅浅地浸泡在船舷边的海水中。阳光下的海浪不停摇动着它，昆感觉到手上传来了一种能量，那种能量在坚定地绽开。赤龙开始复苏，那两条长长的雉鸡翎状的触角从海水中翘起来，慢慢迎风竖起，像是一个倒下的武士又重新站了起来。

昆兴奋地咧嘴笑起来，他慢慢放平双手，赤龙从他手上爬向大海，然后向深处滑去。片刻间，那两条细长的触角消失在海面上，赤龙随后变成一个黑点，消失在海水深处。

昆仍然趴在船舷上望着深邃的海水。

他抬起头，看到远方佩吉湾那巨大的白色灯塔矗立在燃烧的晚霞中，探照灯在光线的反射下，随着船体的晃动而不时出现明亮的光。昆从口袋中摸出那副金红色的泳镜，抛入海中。在摇曳的海水中，泳镜像是一双凝视着他的金红色的双眼，缓慢地向下坠落，滑向大海深处，逐渐消失在海面。